Es ist Frühling und das Haus strahlt in leuchtendem Gelb…

Über den Autor: Lothar Schenk wurde 1954 in Borken, im Münsterland, geboren. Der Autor lebt heute in Südthüringen.

Lothar Schenk

Orangenblüte

Sizilien Krimi

© 2021
Herstellung und Verlag:
BoD – Books on Demand, Norderstedt
ISBN: 978-3-7534-6339-1

1

Jetzt pass auf. Es ist immer der Standort. Der Standort definiert deinen Blickwinkel und der definiert deine Bilder. Du siehst etwas. Wahrnehmung. Und dann kommen deine inneren Bilder, Erinnerungen und und und, noch dazu, und das, denkst du, ist dann Realität. Und Zeit. Die spielt auch eine Rolle. Quasi wie lange und wann. Und der Standpunkt. Deine vorgefertigten Bilder im Kopf die die wahrgenommenen Bilder in ein engmaschiges Raster pressen so dass am Ende nur wieder deine vorgefertigten Bilder im Kopf herauskommen. Engstirnigkeit. Gestörte Wahrnehmung. Das ganze wird durch Krankheit verstärkt. Und dann kommen die anderen Sinne noch dazu. Du riechst etwas. Du schmeckst etwas. Du hörst etwas. Du fühlst etwas. Und diese Wahrnehmung mit allen Sinnen wird auf Sizilien in besonderem Maße verstärkt. Ein befreiender Ort. Befreiend von Engstirnigkeit und gestörter Wahrnehmung. Ein Ort der Öffnung, des Lichts, der Düfte, des Geschmacks und der Erweiterung innerer Bilder zu farbenfrohen Gemälden, eigentlich ist diese Insel daher auch ein sehr anarchischer Ort.

Joe steht unten im antiken Amphitheater in Taormina, da wo die Bühnengebäude stehen, und blickt auf den Ätna. Oben auf dem Ätna liegt noch

Schnee. Es ist April. Welche Bilder mag dieser Blick in ihm wohl bewegen? Sind sie hell und farbenfroh? Oder eher düster und schwarz-grau.

Und keine zehn Meter hinter Joe steht der Emil. Er hat die Jacky, seinen schlauen Hund, bei einer Freundin in Essen gelassen und ist alleine auf Sizilien unterwegs. Wahrscheinlich wird er wieder, dass war doch bisher immer so, im Urlaub in die haarsträubendsten und düstersten Geschichten, meist Kriminalgeschichten, verwickelt, und muss dann, ob er will oder nicht, mit zu deren Aufklärung beitragen. Bisher, aber der Emil ist ja auch erst den dritten Tag auf Sizilien, also bisher hat sich noch nichts Besonderes ereignet, außer die betörende Besonderheit dieser Insel, und die genießt der Emil in vollen Zügen.

Joe und Emil beachten sich kaum. Der Emil kann sich an Joe nicht mehr erinnern, der sieht ja jetzt auch ganz anders aus. Also sie (er)kennen sich nicht. Das wird sich aber noch ändern.

Der Emil betrachtet den weißköpfigen Ätna, der weder raucht noch Lava spuckt, und spürt unendliche Weite, und er atmet ganz langsam den Duft es Frühlings, der, gemischt mit dem Geruch uralter Steine, durch das Amphitheater zieht. Die vielen BesucherInnen stören da wenig. Es ist strahlend blauer Himmel, die Sonne scheint, aber es ist nicht zu heiß, frühlingshaft mild.

„Taormina (sizilianisch: Taurmina) ist eine Stadt mit 10.844 Einwohnern (Stand 31. Dezember 2019) an der Ostküste Siziliens. Die Gründung der Stadt geht auf die Sikeler zurück, die schon vor der griechischen Kolonisation auf den Terrassen des Monte Tauro siedelten. Im 4. Jahrhundert v. Chr. wurde die Stadt griechisch. Die heutige Stadt ist eine Neugründung aus dem Mittelalter, nachdem die Araber die antike Stadt zerstört hatten.

Aufgrund der malerischen Landschaft, des milden Klimas und zahlreicher historischer Sehenswürdigkeiten entwickelte sich die Stadt im 19. und 20. Jahrhundert zu einem der wichtigsten Touristenzentren Siziliens. Besonders bekannt und sehenswert sind das antike Theater mit Blick auf den Ätna und den Golf von Giardini-Naxos und die kleine Insel Isola Bella vor der Küste Taorminas.(…)

Taormina liegt in der italienischen Metropolitanstadt Messina der Autonomen Region Sizilien, etwa 40 Kilometer nordöstlich des Ätna am Ionischen Meer zwischen Messina und Catania. Der ursprüngliche Ortskern wurde auf einer Terrasse des Monte Tauro etwa 200 m über dem Meeresspiegel errichtet. Heute erstreckt sich das Stadtgebiet bis ans Meer.

Die Nachbargemeinden der Stadt sind Calatabiano, Castelmola, Castiglione di Sicilia, Gaggi, Giardini-Naxos und Letojanni. Von Messina ist Taormina 45 km entfernt, von Catania 57 km.

Das mediterrane Klima ist hier an der Ostküste Siziliens besonders mild. Im Januar und Februar liegen die Durchschnittstemperaturen bei 14 °C, im Juli und August bei 28 °C bis 33 °C. Die durchschnittlichen Wassertemperaturen betragen im Winter 16 °C, im Sommer 28 °C. Die regenreichsten Monate sind November und Dezember.(....)

Um 1300 v. Chr. siedelten sich die Sikeler, die der Insel Sizilien ihren Namen gaben, auch auf den Hängen des Monte Tauro an. Die Einwohner unterhielten gute Beziehungen zu den Griechen der 735 v. Chr. ganz in der Nähe gegründeten Stadt Naxos. Nach der Zerstörung von Naxos durch Dionysios I. von Syrakus nahmen sie deren Bewohner in ihre Stadt auf. Die Griechen nannten die Stadt Tauromenion, und im Jahr 358 v. Chr. wurde mit Andromachos, dem Vater des Historikers Timaios, zum ersten Mal ein Grieche Herrscher der Stadt.

Als Sizilien im 3. Jahrhundert v. Chr. nach dem Ersten Punischen Krieg eine römische Provinz geworden war, wurde aus Tauromenion lateinisch Tauromenium, und hohe Beamte aus Rom ließen hier für ihre Familien Wohnhäuser im Stil römischer Stadtvillen errichten. Die Stadt wurde von den Römern mit großen Wasserreservoirs ausgestattet, so dass sie langen Belagerungen standhalten konnte. Da Tauromenium nach der Ermordung Gaius Iulius Caesars den Sextus Pompeius gegen das zweite

Triumvirat unterstützt hatte, ließ Octavian nach seinem Sieg über Sextus Pompeius 36 v. Chr. die Bewohner deportieren.

Bei der Eroberung Siziliens durch die Sarazenen konnte Tauromenium durch seine geschützte Lage und seine Wasserreservoirs lange Zeit den Angriffen widerstehen und wurde nach dem Fall von Syrakus zum Zentrum des noch byzantinisch beherrschten Teils Siziliens. Als der byzantinische Feldherr Nikephoros Phokas mit seinen Soldaten nach Konstantinopel zurückbefohlen wurde, wandte sich das Blatt.[2] Am 1. August 902 wurde der Ort von einer Streitmacht des aghlabidischen Emirs Abū Ishāq Ibrāhīm II. erobert.[3] Nach zwei Aufständen gegen die arabische Herrschaft 962 und 969 wurde die Stadt zerstört. Erst im 13. Jahrhundert wurde sie wieder besiedelt, konnte aber ihre frühere Bedeutung nie mehr erreichen. Besonders nach einem Aufstand 1674–1678 gegen die spanische Vorherrschaft verschlechterte sich die Lage Taorminas immer mehr, und als im 18. Jahrhundert die Straße Messina–Syrakus an die Küste verlegt wurde und nicht mehr durch Taormina lief, sank die Stadt zu einem unbedeutenden Dorf ab. Erst durch den Tourismus erfuhr Taormina wieder einen wirtschaftlichen Aufschwung.(…)

Einer der ersten Touristen Taorminas war im Jahr 1787 Johann Wolfgang von Goethe, der den Ort in Begleitung von Christoph Heinrich Kniep besuchte und ihm einige Seiten in der Italienischen Reise widmete.[4]

Gegen Ende des 19. Jahrhunderts begann der Tourismus aufzublühen. Der Maler Otto Geleng machte durch seine Landschaftsbilder von Taormina und Umgebung den Ort weit über Sizilien hinaus bekannt. Für Aufmerksamkeit sorgten auch die Fotografien von Wilhelm von Gloeden. Geleng und von Gloeden lockten weitere Künstler an wie zum Beispiel Oscar Wilde, D. H. Lawrence, Thomas Mann und Richard Strauss.

Dank des milden Klimas wurde Taormina zu einem beliebten Winteraufenthaltsort europäischer Adliger, z. B. des deutschen Kaisers Wilhelm II. Anlässlich des Besuchs der österreichischen Kaiserin Elisabeth wurde der 1866 eingerichtete Bahnhof Taormina-Giardini erheblich ausgebaut und erhielt das noch heute bestehende Hauptgebäude im Jugendstil. Viele Gäste blieben für Wochen oder Monate und trugen zum wirtschaftlichen Wachstum bei. Die ersten großen Hotels wurden eröffnet.

Mitte des 20. Jahrhunderts wurde Taormina anlässlich des bis heute jährlich stattfindenden Festivals Taormina Arte zu einem beliebten Erholungsort für Filmstars wie Greta Garbo, Marlene Dietrich, Cary Grant, Elizabeth Taylor und viele andere. Die Hauptreisezeit verschob sich deshalb vom Winter auf den Sommer. Heute ist die Stadt ganzjährig Ziel für Reisegruppen und Tagestouristen aus aller Welt.[5]"(Wikipedia, 2021)

Der Emil verlässt das Amphitheater und geht zurück zum Marktplatz. Er setzt sich an ein Tischchen vor einem Kaffee, bestellt einen doppelten Espresso, und sitzt entspannt in der Sonne. Er hat sich in Palermo für drei Wochen ein Auto gemietet. In Taormina wohnt er für zwei Nächte in einem Zimmer ohne Frühstück in einem kleinen Hotel am Marktplatz.

Da sitzt also der Emil gedankenversunken auf dem Marktplatz vor dem Kaffee, und plötzlich trifft ihn ein ganz schwacher Lichtstrahl seitlich im linken Augenwinkel, und dann steigen die Bilder aus seiner Kindheit auf.

Also pass auf. Die Story. Das Emil Kindheitstrauma und dann. 1958. Morgen fährt wieder der große Holzwagen. Dann wäscht sie immer. Der Umzugswagen war früher bestimmt knallrot. Schwarze Schrift und so. Heute ist die kaum noch erkennbar. Abgeblättert! Und den Möbelwagen müssen zwei alte Pferde über das Kopfsteinpflaster ziehen.

Und jetzt pass auf! Die Nachbarn in der Dachgeschosswohnung genau gegenüber. Die haben ja den Edwin. Einzelkind. Und der Edwin sammelt bei Regen immer diese kleinen Frösche. Die hüpfen dann auf dem Kopfsteinpflaster wenn der Möbelwagen kommt, und der hat ja diese großen Eisenräder, und dann geht´ s los, wer ist schneller, und dann der Edwin: Ist nicht schneller. Da haben die Eltern ganz schön geheult, als die den Edwin zusammengekratzt haben. Das nasse Kopfsteinpflaster ist doch glatt wie Schmierseife, hat der Schacko mit dem Heimkehrermantel gesagt. Und der Möbelwagenfahrer ist ganz blass und die Pferde auch. Das hat aber schauerlich geknirscht und geknackt, meint die dicke Kioskfrau, und gar keine Schreie, und dann kommt der Arzt, und der Fotomann macht einige Bilder, und dann kommt der Leichenmann mit dem alten Mercedes, und der Möbelmann darf weiterfahren. Es regnet nicht mehr und die Frösche zappeln, einige zappeln kaum noch. Der Leichenmann hat Sand mitgebracht und die große Schaufel, und nachdem er gestreut und alles zusammengeschaufelt hat, schließt der Leichenmann den Sargdeckel und dann die Hecktüren. Er wischt sich mit einem Lappen die Hände ab, bevor er einsteigt.

Von der Beerdigung bekommt keiner etwas mit. Und die Mutti ruft jetzt immer: Pass schön auf, und immer links und rechts schauen, und nicht auf der Straße spielen! Die kleinen Frösche sind danach sowieso nie mehr zurückgekommen, und der Holzmöbelwagen und die Pferde sind auch bald verschwunden, die werden nämlich durch das große Lastauto ersetzt, und die dicke Kioskfrau ist auch bald verschwunden: Schlaganfall, und im Park ist wieder Kriegerfest, lauter Einbeinige, Rollstuhlfahrer und Blinde stehen ganz vorne, und die Kapelle spielt den Kameraden und der Pfarrer singt und spricht Gebete, und dann werden riesige

Kränze am Kriegerdenkmal abgelegt, und dann gehen sie zum Saufen auf die Festwiese. Das dauert keine fünf Jahre bis die Einbeinigen, die Rollstuhlfahrer und die Blinden alle verschwunden sind, und am Kriegerdenkmal liegt dann nur noch ein ganz kleiner Kranz.

2

Die Frau betrachtet Emil aufmerksam, wie er da so gedankenversunken sitzt und seinen Espresso schlürft.

„Hallo, ich bin die Silke. Machst du auch Urlaub auf Sizilien."

Der Emil erschrickt und dreht sich zum Nachbartisch. „Hallo! Ja. Ich bin der Emil. Ich bin jetzt den dritten Tag auf Sizilien. Vorher war ich zwei Tage in Palermo. Aber da gibt es ja so viel zu sehen. Und die Stadt ist ja an sich schon sehr interessant. Das erschlägt dich regelrecht. Ich werde gegen Ende der Reise nochmal für zwei drei Tage bis zum Abflug in Palermo bleiben. Ich komme aus Essen und soll für die Zeitung bei der ich arbeite eine Reportage über Sizilien schreiben. Ich bin in einer Stadt im Münsterland geboren und meine Eltern sind als ich noch klein war nach Essen gezogen."

„Dann bist du ja Journalist."

„Kann man so sagen. Ich bin Sozialwissenschaftler, arbeite aber schon ewig als Reporter."

„Ich komme aus Solingen und bin Kunstlehrerin am Gymnasium. Ich war vorher noch nie auf Sizilien und nutze die zwei Wochen Osterferien um mir hier so viel wie möglich anzuschauen. Da ich mit dem

Rucksack unterwegs bin suche ich für heute Nacht noch ein Zimmer oder einen Schlafplatz hier in Taormina. Ich hab eine Isomatte dabei. Ich kann auch auf dem Boden liegen."

„Du kannst mit in meinem Zimmer übernachten. Der Hotelbesitzer ist ein älterer freundlicher Mann. Der hat bestimmt nichts dagegen."

„Das ist ja prima. Dann zahle ich deinen Kaffee mit und wir bringen meine Sachen in dein Zimmer."

„Den Espresso zahle ich schon selber, vielen Dank. Wir können direkt loslegen, das Hotel ist neben dem Kaffee vis a vis."

Emil legt Geld auf den Tisch und die Silke schnappt sich ihren vollgepackten Rucksack und dann gehen sie ins Hotel. Der alte Hotelbesitzer sitzt an der kleinen Rezeption, schaut über seine schmale Brille die beiden neugierig an, dann lächelt er verschmitzt und winkt sie mit einer schnellen Bewegung seiner rechten Hand durch. Er sagt nichts.

Die Silke ist eine anmutige junge Frau. Mittlere Größe. Schlank und sportlich. Mit langen blonden Haaren die sie zu einem Pferdeschwanz zusammengebunden hat. Sie hat ein fast noch kindlich wirkendes schmales Gesicht mit ausdrucksvollen rehbraunen Augen, die neugierig überall hinschauen. Sie hat einen angenehmen Duft, und Ihr Lächeln gleicht einem blühenden Orangenhain in der Frühlingssonne.

„Nimm deine Badesachen mit Silke. Dann können wir mit der Seilbahn am Ortseingang noch bis zum

Strand runterfahren. Ich gehe auf jeden Fall ins Wasser. Es dürfte so 17 bis 18 Grad haben. Das geht schon. Viel wärmer wird die Nordsee fast nie."

„Ich schau dir lieber beim Baden zu, Emil, das Wasser ist mir noch zu frisch."

Sie verlassen das Hotel und gehen zur Seilbahn. Unten am Strand angekommen zieht sich Emil bis auf die Badehose aus die er schon am Morgen im Hotel drunter gezogen hat. Er schwimmt eine Runde durch die kleine Bucht bis zur „Isola Bella", von da aus winkt er der Silke sie soll über die Sandbank, die die kleine Insel mit dem Strand verbindet, zu ihm rüberkommen. Und das macht die Silke. Sie schauen sich die kleine Insel an und dann gehen sie gemeinsam über die Sandbank zurück zum Strand, dahin wo Emils Sachen liegen.

Der Emil zieht seine Badehose aus und die Silke beobachtet ihn aus einigem Abstand. Emil ist das nicht unangenehm. Er ist für sein Alter noch gut gebaut, schlank, nicht übermäßig muskulös, man könnte sagen gutaussehend. Er zieht sich den Schlüpfer an, den er in der Hosentasche mitgebracht hat, und dann seine restlichen Sachen.

Sie fahren mit der Seilbahn zurück und gehen ins Hotelzimmer. Da kommt dann die Silke nackt zu ihm unter die Dusche, und jetzt kann´s losgehen…

Sie gehen abends noch in einem kleinen Restaurant essen, trinken einige Gläser guten sizilianischen Rotwein, und landen danach wieder im Hotelbett.

3

Am nächsten Morgen fühlt sich der Emil als wäre er den Marathon in drei Stunden gelaufen und die Silke strahlt übers ganze Gesicht, als sie gegenüber vom Hotel vorm Kaffee sitzen und frühstücken. Und dann zahlt der Emil die Übernachtung im Hotel und startet Richtung Syrakus und die Silke fährt mit. Und als der Emil der Silke dann während der Fahrt von Bibione, von den nanokleinen außerirdischen Veganossi, vom bösen Joe, und von der bösen schwarzmagischen süditalienischen Gräfin erzählt, da hört die Silke ganz aufmerksam zu und fragt den Emil ob die auf Sizilien auch auftauchen können, und das kann der Emil nicht eindeutig verneinen.

Und jetzt pass auf. Der Commissario Sanin aus Bozen. Der ist jetzt in Palermo. Strafversetzt weil er Streit mit dem Vorgesetzten in Bozen hatte. Und den hat der Emil gleich am Anfang in Palermo besucht und Hallo und wie geht´s und und und. Und dann hat der Commissario Sanin zum Emil gemeint dass auf Sizilien seit einiger Zeit auf unklare Weise junge Frauen verschwinden, und dass er in dieser Sache ermittelt, der Commissario Sanin, und da hat der Emil ganz aufmerksam zugehört und gleich gedacht, Aha, schon wieder ein neuer mysteriöser Fall im Urlaub, und den Urlaub muss ja der Emil als solchen gar nicht mehr nehmen, weil er ja jetzt quasi das ganze Jahr Urlaub hat, weil er seit einem Jahr Rentner ist, und bei der Zeitung arbeitet er nur noch so nebenbei.

Die Silke meint dann zum Emil, auf dem Weg nach Syrakus, er soll doch mal in den kleinen Feldweg ein Stück reinfahren, und dann ist sie auch schon ruck zuck nackt, und jetzt kann´s losgehen, und der Emil denkt das die Silke ja eine echte Rakete, aber der Emil kann, für sein Alter, noch gut mithalten. Und Gott sei Dank kommt kein Auto und kein Trecker auf dem Feldweg. Und danach besuchen sie unten am Ätna, kurz vor Catania, den Bio Imker in der Orangenplantage, der Emil hat schon in Essen mit ihm telefoniert, sie kennen sich.

Der Imker hat am Eingang zur Orangenplantage, neben der Straße, einen Stand mit Honig. Nachdem der Emil sich zu erkennen gegeben hat begrüßt er die beiden freundlich und dann gehen sie gemeinsam in den Orangenhain zu einigen seiner Bienenvölker. Dort herrscht ein reges Treiben. Die Bienen fliegen emsig an den Bienenstöcken ein und aus und aus den blühenden Orangenbäumen hören sie ein deutliches Summen, begleitet von den Vögeln die immer wieder laut ihre Schalmeien blasen und aufgeregt umherfliegen. Ein meditativer Ort, prall gefüllt mit dem Duft der Orangenbäume und dem Duft der darunter blühenden Blumenwiese. Sie gehen mit dem Imker wieder zurück zu seinem Stand neben der Straße und kaufen jeder zwei Gläser köstlichen Orangenhonig. Dann verabschieden sie sich ausgiebig und fahren nicht zuerst nach Syrakus, sondern sie fahren über die Autobahn bei Catania weiter Richtung Agrigent. Dort wollen sie das „Tal der Tempel" besichtigen und danach eine Nacht in Agrigent übernachten.

„(…)Die archäologischen Stätten von Agrigent südlich des heutigen Stadtkerns von Agrigent gehören zu den eindrucksvollsten archäologischen Fundplätzen auf Sizilien. Sie zeigen vor allem die Überreste von Akragas (lat. Agrigentum), einer der bedeutendsten antiken griechischen Städte auf Sizilien. Die teilweise noch sehr gut erhaltenen griechischen Tempel zeugen von der Größe, Macht und kulturellen Hochblüte der damaligen griechischen Stadt.

Akragas war zwar erst 582 v. Chr. in einer zweiten Welle der griechischen Kolonisation gegründet worden, hatte sich aber bald, besonders durch den Sieg in der Schlacht bei Himera, zu der zweitwichtigsten griechischen Polis auf Sizilien nach Syrakus entwickelt. Diese Bedeutung fand ihren Ausdruck unter anderem in einer Reihe monumentaler Tempel, die im Verlauf des 5. Jahrhunderts v. Chr. entlang der südlichen Stadtmauer auf einem Höhenzug errichtet wurden, der in der archäologischen Fachsprache die Bezeichnung „Hügel der Tempel" (ital.: Collina dei Templi) hat, im Volksmund aber (durch seine Lage unterhalb der heutigen Stadt Agrigent) als „Tal der Tempel" (ital.: Valle dei Templi) bezeichnet wird.

Die Bezeichnung „Tal der Tempel" wird oft auch allgemein für die gesamten archäologischen Stätten von Agrigent verwendet.

Der Concordiatempel, der zu den am besten erhaltenen Tempeln der griechischen Antike überhaupt zählt, und die Überreste der anderen Tempel waren auch ein Grund dafür, dass die archäologischen Stätten von Agrigent ab der Mitte des 18. Jahrhunderts für viele an der antiken griechischen Kultur Interessierte zu einem festen Bestandteil einer Bildungsreise nach Süditalien wurden. Auch Johann Wolfgang von Goethe schildert in seinem Werk „Italienische Reise" seinen Besuch dieser Stätten.

1997 erklärte die UNESCO die archäologischen Stätten von Agrigent zum Weltkulturerbe mit der Begründung, dass Akragas „eine der größten Städte der Antike im Mittelmeerbereich war und in einem außergewöhnlich guten Zustand erhalten ist. Seine großartige Reihe dorischer Tempel ist eines der herausragendsten Denkmäler für die griechische Kunst und Kultur."[1](…)"(Wikipedia, 2021)

4

In der Altstadt von Agrigent finden die Silke und der Emil schnell ein Zimmer in einem kleinen Hotel, sie können direkt davor ihr Auto abstellen, und Essen wollen sie erst abends, sie machen sich direkt auf den Weg zum „Tal der Tempel", einem Hochplateau vor der Stadt, aber tiefergelegen.

Während sie durch die weitläufige Anlage streifen, die Silke macht immer wieder Fotos, fällt dem Emil ein Mann auf der sich immer ein wenig abseits hält und die Leute beobachtet so als würde er nach jemandem suchen, besonders junge Mädchen scheinen es ihm angetan zu haben, und davon laufen ja einige in der Anlage herum. Und dann fällt es Emil wie Schuppen von den Augen. Er hat diesen Mann doch im Augenwinkel auch im Amphitheater in Taormina schon gesehen: Joe! Der kriminelle ehemalige Psychiater aus der alten Villa in Meran. Und wenn Joe hier ist, denkt der Emil, dann muss die schwarzmagische Gräfin, die Besitzerin der Villa in Meran, und die Besitzerin eines alten Weingutes in Süditalien, auch irgendwo auf Sizilien sein, denn die beiden gehören zusammen wie Pech und Schwefel. Auch Joe hat den Emil erkannt und lächelt ganz kurz süffisant zu ihm herüber.

Der Emil will die Silke nicht beunruhigen und sagt ihr nichts von seiner Beobachtung, und nach dem „Tal der Tempel" gehen sie abends in der Nähe ihres Hotels in ein schnuckeliges kleines Restaurant zum Essen. Das Restaurant ist voll mit Einheimischen, was schon mal kein schlechtes Zeichen ist. Es gibt bei ihrem Menü, wie in Italien üblich, eine Vielzahl von Gängen, ein Hauptgang ist eine reichhaltige Fischplatte, zum Menü trinken sie sizilianischen Weißwein, und zum süßen Nachtisch ein Gläschen Marsala.

Nach dem Restaurantbesuch gehen die Silke und der Emil ins Hotel. Sie sitzen dort noch für kurze Zeit an der Bar und gehen danach auf ihr Zimmer. Am nächsten Morgen frühstücken sie ausgiebig, es ist ein reichhaltiges Frühstücksbüffet aufgebaut und Kaffee gibt es so viel man möchte. Dann bezahlen sie die Hotelrechnung und starten Richtung Syrakus. Sie fahren ein Stück an der Küste entlang und dann führt die Route ins Inland bis sie am frühen Nachmittag zwischen Catania und Syrakus auf die Hauptstraße nach Syrakus kommen. Von hier sind es nur noch knapp vierzig Kilometer. Sie halten am Stadtrand von Syrakus beim archäologischen Park, trinken am Eingang in der Bar ein großes Glas frisch gepressten Orangensaft, die Orangen türmen sich vor der Bar in einem Einkaufswagen. Der archäologische Park von Syrakus heißt „Parco Archeologico della Neapolis. „(…)Im Parco Archeologico della Neapolis befinden sich Bauwerke der antiken Stadt. So steht hier das Teatro Greco, das im 5. Jahrhundert v. Chr. erbaut und in römischer Zeit umgebaut und erweitert wurde. Mit einem Durchmesser von 138 m und Platz für 15.000 Zuschauer ist es eines der größten griechischen Theater. Von den 60 in den Fels geschlagenen Sitzreihen sind noch 42 erhalten. Heute finden dort im Sommer regelmäßig Theateraufführungen und Konzerte statt.

Westlich des Theaters liegt der Opferaltar Hierons II. Der Altar war 198 m lang, 22 m breit und über 10 m hoch. Über zwei Rampen wurden an den Festtagen bis zu 450 Opfertiere auf den Altar getrieben und getötet.

Das römische Amphitheater aus dem 3. Jahrhundert n. Chr. ist 140 m lang und 119 m breit. Der Bühnenraum ließ sich mit Wasser füllen, so dass hier auch Seeschlachten nachgestellt werden konnten.

In über zehn großen Steinbrüchen (Latomien) wurden Kalksteine zum Aufbau der antiken Stadt gewonnen. Zu den größten Steinbrüchen zählen Latomia dei Cappuccini und Latomia del Paradiso. Das „Ohr des Dionysios" ist eine künstliche, in den Fels gehauene Höhle. Sie ist etwa 64 m lang, über 20 m hoch und bis zu 11 m breit. Ihre Akustik gilt als bemerkenswert.(…)"(Wikipedia, 2021)

Nach rund zweieinhalb Stunden im archäologischen Park fahren sie über eine Brücke in Syrakus auf eine vorgelagerte Insel, auf der der Kern der Altstadt liegt, und finden am Rand der Altstadt in einem alten Palazzo, wo der ganze Innenhof modrig nach feuchten Wänden riecht, ein schönes Zimmer mit Frühstück, das Auto können sie ganz in der Nähe parken, was in der Altstadt von Syrakus gar nicht mal so einfach ist.

„(…)Die Gegend von Syrakus war vor der griechischen Kolonisation lange von Sikelern besiedelt und wurde wegen der nahegelegenen Sumpfgebiete an den Ufern des Ciane und des Anapo „Syrakka" (Sumpf) genannt.

Um 730 v. Chr. gründeten griechische Siedler aus Korinth auf der Insel Ortygia die Stadt Syrákusai (altgriechisch Συράκουσαι), die sich rasch auf das Festland ausdehnte und zur größten und mächtigsten Stadt des antiken Siziliens entwickelte.

Unter der Herrschaft von Tyrannen gelang es mehrere Jahrhunderte, sich den Angriffen fremder Eroberer zu widersetzen und die eigene Vormachtstellung auszubauen. Die wichtigsten Rivalen um die Macht auf der Insel waren dabei lange Zeit die Punier. Die Stadt hatte in der Antike bis zu 200.000 Einwohner, deutlich mehr als heute.[5] Auch wissenschaftlich und kulturell spielte Syrakus eine bedeutende Rolle. Dichter wie Aischylos, Pindar, Bakchylides und Simonides versammelten sich am Hof der Stadt, deren Tyrannen seit Agathokles den Königstitel führten. Platon lehrte hier Philosophie, und Archimedes entwickelte Kriegsmaschinen zur Verteidigung der Stadt.

Im ersten Punischen Krieg schloss Syrakus 263 v. Chr. Frieden mit den Römern und blieb dadurch zunächst von der Eroberung verschont. Im zweiten Punischen Krieg gelang es den Römern 212 v. Chr., Syrakus, das sich inzwischen mit den Puniern verbündet hatte, nach längerer Belagerung einzunehmen. Bei der nachfolgenden Plünderung kam auch Archimedes ums Leben.[6] Die Stadt wurde nun Provinzhauptstadt der ersten römischen Provinz und verlor langsam ihren griechischen Charakter. 439 n. Chr. eroberten die Vandalen die Stadt und die Insel, seit 493 stand sie unter Herrschaft der Ostgoten. 535 fiel Syrakus für über drei Jahrhunderte an das Oströmische Reich. Unter Kaiser Konstans II. war Syrakus an Stelle Konstantinopels von 663 bis 668 sogar dessen Regierungssitz.

Als im 9. Jahrhundert die Araber Sizilien eroberten und 831 Palermo zur neuen Hauptstadt ausbauten, verlor Syrakus nach und nach seine einstige Vormachtstellung. 878 wurde es von arabischen Truppen eingenommen und blieb bis ins 11. Jahrhundert ein Zentrum der arabischen Herrschaft in Italien.

1038 geriet Syrakus unter die Herrschaft des byzantinischen Generals Georg Maniakes, ab 1086 unter die Herrschaft der Normannen, ab 1221 unter die Herrschaft von Kaiser Friedrich II. aus dem Haus der Staufer. In den folgenden Jahrhunderten bestimmten Anjou, Aragon, Savoyen, die

Habsburger und die spanischen Bourbonen die Geschichte der Stadt.

1693 zog ein verheerendes Erdbeben im Val di Noto auch Syrakus in Mitleidenschaft. Viele der zerstörten Bauwerke wurden im Stil des Barocks wieder aufgebaut. Nach der Vereinigung mit Italien im Jahr 1861 wurde Syrakus 1865 zur regionalen Hauptstadt erklärt. Heute ist Syrakus Siziliens viertgrößte Stadt und wichtiger Industriestandort, Umschlagplatz für landwirtschaftliche Produkte und bedeutendes Touristenzentrum.(…)

Die Altstadt auf der Insel Ortygia drohte nach dem Zweiten Weltkrieg zu verfallen. Viele Bewohner zogen in die modernen Wohnviertel auf dem Festland um. Durch umfangreiche Sanierungs- und Restaurierungsarbeiten von 1990 an wurde die Altstadt wieder aufgewertet und belebt. Auf Ortygia befindet sich auch ein Großteil der historischen Bauten und Sehenswürdigkeiten.(…)

Die Süßwasserquelle bzw. der Brunnen Fonte Aretusa liegt nur wenige Meter vom Meer entfernt. Das Wasserbecken ist mit Steinen eingefasst und von Papyrusstauden umrahmt. Nördlich des Brunnens befindet sich die Strandpromenade Foro Vittorio Emanuele II.

Der Sage nach verwandelte sich die griechische Nymphe Arethusa mit Hilfe der Göttin Artemis in eine Quelle, um sich den Nachstellungen eines Jägers zu entziehen, und entsprang auf Ortigia. Der Jäger Alpheios verwandelte sich daraufhin in einen

Fluss und erreichte, ohne sich mit dem Meer zu vermischen, die Insel Ortigia, um sich mit Arethusa zu vereinen.

In der Antike genoss die Nymphe große Verehrung, denn die Quelle ermöglichte die Stadtgründung und den Widerstand gegen feindliche Belagerungen. Als Wahrzeichen der Stadt schmückte Arethusas Kopf die Münzen von Syrakus, die einige Jahrhunderte lang zu den wichtigsten Währungen der griechischen Welt zählten.

Das Wasser fließt tatsächlich untermeerisch unter der Hafenbucht hindurch.(…)

Die Piazza Archimedes ist der Mittelpunkt der Altstadt. Der Platz ist umgeben von alten Palästen aus dem 14. bis 16. Jahrhundert. Dazu zählen im Westen der Uhrenpalast, heute Sitz der Banca d'Italia, nordöstlich des Platzes der Palazzo Montalto und der Palazzo Lanza. Der Artemisbrunnen in der Mitte des Platzes stellt dar, wie sich Arethusa mit Hilfe der Göttin Artemis in eine Quelle verwandelt.

Zu einem ehemaligen Benediktinerkloster aus dem 13. Jahrhundert gehören der Palazzo Parisio und der Palazzo Bellomo. Dieser beherbergt das größte Museum der Altstadt, das Museo Regionale di Palazzo Bellomo. Zu den Exponaten zählten ein Gemälde von Caravaggio: „Die Grablege der Hl. Lucia", der Schutzpatronin von Syrakus, dieses befindet sich seit 2012 in der Kirche Santa Lucia alla

Badia und ein Gemälde von Antonello da Messina: „L'Annunciazione", die Verkündigung.

Auf der Piazza Duomo stehen der Palazzo Vermexio aus dem 17. Jahrhundert, in dem sich das Rathaus der Stadt befindet, und der Palazzo Beneventano del Bosco. Der ursprünglich mittelalterliche Bau ging 1778 in den Besitz der Familie Beneventano über und wurde von Luciano Ali im Stil des Barock umgebaut. Der Palazzo, noch heute im Familienbesitz, beherbergte auch Admiral Nelson und König Ferdinand IV. von Bourbon.

Im erzbischöflichen Palast (Palazzo Arcivescovile) gegenüber dem Dom befindet sich die Alagoniana-Bibliothek, die griechische, lateinische und arabische Handschriften sowie eine umfangreiche Sammlung antiker Münzen aufbewahrt.[7](…)

Der Apollontempel wurde im 6. Jahrhundert v. Chr. erbaut und ist der älteste größere griechische Tempel Siziliens, der bisher gefunden wurde. In byzantinischer Zeit diente der Tempel als Kirche, in arabischer Zeit als Moschee, dann wieder als christliche Kirche. Von 1930 bis 1940 wurden die Überreste ausgegraben. Erhalten sind das Fundament, Teile der Cellawand und Reste einiger dorischer Säulen.

Der Dom Santa Maria delle Colonne (Heilige Maria der Säulen) wurde im 7. Jahrhundert n. Chr. durch einen Umbau des Tempels der Athene errichtet. Dieser Tempel stammt aus dem 5.

Jahrhundert v. Chr., seine Säulen sind heute an der Nordseite und im Innenraum zwischen den Schiffen zu sehen. Mitte des 18. Jahrhunderts wurde der Dom von Andrea Palma vergrößert und erhielt seine heutige Fassade im Stil des sizilianischen Barocks.

In einer der Seitenkapellen des Doms wird die Statue der Heiligen Lucia aufbewahrt. Anlässlich des Gedenktags der Schutzheiligen am 13. Dezember und jeweils am ersten Maisonntag wird die fast 4 m hohe Silberstatue aus dem 16. Jahrhundert auf feierlichen Prozessionen durch die Straßen der Stadt getragen.

Ebenfalls auf dem Domplatz steht die Barockkirche Santa Lucia alla Badia. Sie wurde zwischen 1695 und 1707 erbaut.(…)

Das Castello Maniace liegt an der Südspitze von Ortygia. Benannt ist es nach dem griechischen General Georg Maniakes, der die Stadt 1038 mit Hilfe normannischer Söldner für einige Jahre für das byzantinische Reich zurückerobern konnte. Auf älteren Grundmauern wurde im 13. Jahrhundert auf Anweisung des Stauferkaisers und Königs von Sizilien Friedrich II. das prachtvolle Kastell erbaut, dessen Reste noch heute die Ansicht des Hafens von Syrakus dominieren. Ursprünglich zwei- oder gar dreigeschossig, wurden die Obergeschosse während der Spanierherrschaft in Süditalien im 16. Jahrhundert abgerissen, um bei Angriffen mit Kanonen weniger Angriffsfläche zu bieten. Die ursprünglich steilere Proportionierung kommt damit den französischen Vorgängerbauten nahe (Donjons), wie sie unter dem König Philipp II. August in Paris (Vorgängerbau des Louvre) und anderswo errichtet wurden.(…)"(Wikipedia, 2021)

Die Silke und der Emil schauen sich in der Altstadt um und besichtigen einige Sehenswürdigkeiten, zum Beispiel den Apollon Tempel und den Dom, der den Athene Tempel integriert hat. In der Seitenkapelle des Doms besichtigen sie die Silberstatue der heiligen Lucia, deren Gedenktag der dreizehnte Dezember ist.

„Am 13. Dezember, dem Tag der Lucia, hat die schwarzmagische Gräfin in einer alten Abtei in Süditalien mit ihren Mitstreiterinnen, ebenfalls schwarzmagische Hexen, aber der Gräfin untergeordnet, immer ihr dämonisches Ritual vollzogen. Sie sollen um Mitternacht zum 13. Dezember dort in einem offenen Sarkophag ein Kind geopfert, sprich getötet, haben, um die Seelen von ihnen bekannten SelbstmörderInnen aus der Hölle als Untote auf die Welt zurückzuholen. Beweisen konnte die Polizei und die Staatsanwaltschaft der Gräfin nie etwas, und Ihre Mitstreiterinnen sind nach solchen Ritualen in alle Himmelsrichtungen verschwunden, quasi nicht mehr auffindbar."

„Und wie heißt diese Gräfin, Emil?"

„Das ist die Contessa di Montrivali. Uralter italienischer Hochadel und steinreich. Sie besitzt unheimlich viel Land in Süditalien, große Weingüter mit großen Palazzi, Villen in Meran und anderswo, wahrscheinlich auch ein Anwesen auf Sizilien. Und ihr ganz persönlicher Freund, beide sind zu einhundert Prozent aus dem gleichen Holz geschnitzt, ist der dämonische ehemalige Psychiater Joe, seinen Nachnamen kenne ich bis heute nicht. Die Gräfin soll schon über Hundert sein, sie sieht aber aus wie vierzig, klein, zierlich, lange schwarze Haare, eine Schönheit. Joe und die Gräfin haben eine innige Verbindung, eine sadomasochistische Ritual- und Sexbeziehung, dabei spielt Joe immer den brutalen Triebtäter und sie wird von ihm vergewaltigt, in Wirklichkeit leitet sie dieses Spiel mit ihren Hexenkräften, und Joe ist nichts weiter als ihre Handpuppe. Joe ist, könnte man sagen, ihr Produktmanager. Er organisiert jede Art von Fangen, Bringen und Entsorgen von Opfern. Auch Joe konnte die Polizei und die Staatsanwaltschaft trotz kriminellster Machenschaften nie ernsthafte Straftaten nachweisen. Deshalb sind die beiden auch noch auf freiem Fuß. Sicherlich spielt dabei auch das riesige Vermögen der Gräfin eine Rolle, sie kann sich fast jeden Prozess kaufen. In Taormina und heute im Park in Agrigent habe ich übrigens den Joe gesehen. Wenn er hier ist, ist die Gräfin auch nicht weit. Und ich wette die führen wieder irgendetwas dämonisch-böses im Schilde. Es heißt also: Wachsam sein!"

„Emil, da kriegt man ja richtig Angst wenn man dich so erzählen hört."

„Ich kann dir noch mehr von die beiden erzählen, aber lass uns lieber ein schönes kleines Restaurant hier in der Altstadt suchen und unseren Urlaub bei einem guten Abendmenü mit gutem sizilianischen Wein genießen."

„Genau, das macht mehr Spaß als dieser Joe und seine Hexen."

Sie finden in einer der vielen schmalen Seitenstraßen, unweit ihres Hotels, ein kleines Restaurant in dem Bluesrock läuft und ein grauhaariger Hippie mit langhaarigem Lockenkopf und runder Janis Joplin Brille steht hinter der Bar. Der Koch ist auch ein älterer Langhaariger mit weißer Kochschürze und die beiden begrüßen die Silke und den Emil freundlich und erklären ihnen was es zu essen gibt. Sie nehmen Menü 2, Meeresfrüchte. Der offene Wein in der Karaffe schmeckt vorzüglich, so wie das Menü mit seinen vielen Gängen, alles Bestens. Kurz nach Mitternacht, inzwischen haben sie die Tür abgeschlossen und man darf drinnen rauchen, verabschieden sich Silke und Emil, sie machen noch einen kurzen Spaziergang auf der Promenade am Meer, und gehen in ihr Hotelzimmer.

5

Jetzt pass auf. Eigentlich müsste langsam irgendetwas passieren denkt der Emil, der Joe, die schwarzmagische Gräfin, „die singenden Kinder, also die Sekte von der Gräfin, die heißen seit Jahrhunderten so, haben aber mit freundlichen singenden Kindern nicht das geringste gemeinsam, die Gräfin und „die singenden Kinder" sind Nachfahren des Templerordens, ein weiblicher Zweig also, der im Mittelalter auf dem Weg von Jerusalem und Ninive´ nach Europa(zum Untersberg bei Berchtesgaden) in Süditalien geblieben ist und dort seitdem schwarzmagische Rituale vollzieht. Also der Emil vermutet dass die alle schon auf Sizilien sind und dort irgendetwas vorhaben, und einiges vielleicht schon durchgeführt haben, zum Beispiel Frauen entführen und und und. Und da ist es doch kein Wunder, dass nach dem recht bescheidenen Frühstück im alten Palazzo, aber sie bleiben noch eine weitere Nacht, die Polizei mit mehreren Autos vor dem Dom steht, und als die Silke und der Emil die Polizei fragen was los ist, sagen die, dass Diebe letzte Nacht, als der Emil und die Silke sich im alten Palazzozimmer wieder ganz eng aneinander gekuschelt haben, die große Silberstatue von der heiligen Lucia aus dem Dom gestohlen haben. So. Und jetzt kann´s losgehen.

Der Emil ruft also den Commissario Sanin in Palermo an, und der sagt dass inzwischen fünf junge Frauen, alle Touristinnen, vermisst werden, und sagt dass er schon einen Verdacht hat und dass der Emil mal seine Augen offenhalten soll, und dann sagt der Emil ihm seinen Verdacht, der Joe, die Gräfin, und und und, und genau den gleichen Verdacht hat der Commissario Sanin auch, und der Commissario hat inzwischen herausgefunden dass die Gräfin ein Weingut mit Orangenplantage in der Nähe von Catania hat, aber er kann da noch nicht mit der Polizei und der Staatsanwaltschaft vorfahren, weil Verdacht, und der ist momentan noch zu schwach. Und da meint der Emil zum Commissario Sanin ganz spontan, dass er da mit der Silke, und der Commissario freut sich dass der Emil eine Freundin gefunden hat, ganz unauffällig mal hinfahren will, und der Commissario gibt dem Emil die genaue Adresse. Und dann wünscht der Commissario Sanin dem Emil und der Silke viel Erfolg, und immer schön aufpassen und vorsichtig sein, und noch erholsamen Urlaub, aber so erholsam wie gedacht wird der wohl nicht werden, denkt der Emil. Sie besichtigen noch einige Sehenswürdigkeiten in der Altstadt von Syrakus, machen auch einen kleinen Abstecher in den Hafen und essen dort in einem Restaurant zu Mittag,

Nachmittags brechen sie dann Richtung Catania auf, und die Silke ist schon ganz gespannt was sie dort wohl erwartet, quasi Sherlock und seine schlaue

Assistentin. Und jetzt kommt´s. Als sie hinter Catania zu dem Grundstück der Gräfin wollen, das Auto haben sie etwas abseits an einem Feldweg versteckt, da stehen sie wieder vor dem Stand des Imkers an der Straße, von dem sie den Honig gekauft haben, und das trifft sich ja gut, den können sie mal so richtig ausfragen, und der ist nämlich auch schon wieder, ganz in der Nähe, bei seinen Bienenvölkern im Orangenhain. Und dann Hallo und wie geht´s und und und, aber über die Gräfin und den Joe hält sich der Imker auffällig bedeckt, nur so viel sagt er, dass er jedes Jahr seine Bienenvölker hier aufstellen darf, und dass er zur Gräfin ein gutes Verhältnis hat, den Joe hat er zwar einige Male im Palazzo der Gräfin gesehen, aber er kennt ihn so nicht näher, und sie haben auch noch nie ein Wort miteinander gewechselt. So. Und dann bedanken sich die Silke und der Emil und wünschen dem Imker noch einen schönen Tag. Der Imker zeigt ihnen den Weg, immerhin rund sechs Kilometer, wie sie durch den Orangenhain und später die Weinhänge zum Palazzo der Gräfin gelangen.

Der Palazzo der Gräfin liegt still, und seine gelbe Farbe strahlt, in der Nachmittagssonne. Keine Autos. Keine Gräfin. Kein Joe. Und und und. Die Vögel scheinen ausgeflogen zu sein, oder sie lauern ungesehen aus irgendeiner Dachluke und beobachten die beiden Eindringlinge hämisch grinsend. Emil und Silke schleichen immer an der Hauswand entlang noch einmal um den Palazzo und nachdem sie nichts Auffälliges entdecken können schlagen sie wieder den Weg Richtung Auto ein. Vielleicht gibt es ja in den nächsten Tagen irgendeine Neuigkeit, zum Beispiel der Commissario Sanin ruft an und weiß etwas zu berichten.

Sie fahren zurück Richtung Syrakus, aber vorher biegen sie noch in einen kleinen Ort am Meer ab. Der Emil will noch einmal ins Wasser hüpfen, und dann können sie da ja auch noch einen doppelten Espresso trinken und dazu ein großes Stück Kuchen essen. Und genau so machen sie´s, und es gibt tatsächlich einen leckeren Kuchen im Kaffee am Fischerhafen, und unweit vom Hafen ist auch der Strand. Sie strahlen in der Sonne. Der blaue Himmel berührt fast den Strand. Und der Espresso und der Kuchen schmecken. Und die Silke lacht den Emil an. Und der Emil lacht die Silke an. Verliebt im Urlaub und Genießen. Was will man mehr?

6

Und ob du es glaubst oder nicht, als die Silke und der Emil vom Fischerdorf zurück nach Syrakus fahren, da steht kurz vor Syrakus am Straßenrand die geklaute vier Meter hohe Silber Luci aus dem Dom. Und der Emil gleich mit dem Handy den Commissario Sanin. Und der gleich die Straßenpolizei mit dem Lastwagen. Und die laden die Silber Luci auf die Ladefläche und bringen sie zurück in den Dom. Und da dann Riesenfreude. Und der Monsignore bedankt sich überschwänglich. Und jetzt steht die Silber Luci wieder an ihrem Platz in der Kapelle am Dom und alle sind zufrieden, und das kann ich dir sagen, denkt der Emil, da hat bestimmt die Maffia nachgeholfen, dass die diebischen Spitzbuben die Luci so schnell wieder rausgerückt haben, und beim Joe und der Gräfin kann die Luci nicht gewesen sein, denn denen wäre die Maffia sicher nicht so schnell auf die Schliche gekommen, da hätten sie lange nach der Silber Luci suchen können, das kannst du mir glauben.

Und jetzt pass auf. Der Emil und die Silke. Die sitzen in Syrakus im Hafen vorm Restaurant. Abendessen. Und wieder Fischplatte und mehrere Gänge. So. Und jetzt kommt's. Die Silke. Die lächelt plötzlich so komisch. Also nicht so komisch sexlustig. Irgendwie anders. So. Und dann fängt die

Silke an mit dem Emil Griechisch zu reden. Und der Emil? Der auch Griechisch aber Altgriechisch. Und die Silke? Die versteht alles und antwortet auch auf Altgriechisch. Haben die beiden nie gelernt, sagen sie sich dann gegenseitig, weil sie beide auf dem neusprachlichen Gymnasium waren, und das ist ja schon eine Ewigkeit her, zumindest beim Emil. So. Und der Emil? Der erkennt sofort die neue Lage und sagt zur Silke: „Die nanokleinen Veganossi sind wieder da. Die sind jetzt in unserem Kopf, und Gott sei Dank die Guten, sonst würden wir nämlich unnatürlich blöd grinsen, wenn's die Bösen wären".

Jetzt was sind die nanokleinen Veganossi. Also. Wie der Name schon sagt sind sie nanoklein und es gibt Gute und Böse. So. Und es sind Außerirdische die sich bei Menschen und Tieren im Gehirn einnisten und ihnen übernatürliche Kräfte verleihen, die Bösen weniger, außer blöd grinsen können, aber die Guten verleihen dir die Kraft dich beliebig zu verkleinern und genauso wie die Veganossi in andere Lebewesen, in Stromleitungen, und und und, zu schlüpfen, und du kannst plötzlich eine Vielzahl von Sprachen, Tiere können dann übrigens auch sprechen und viele Sprachen wenn die Veganossi in ihrem Gehirn sitzen, du kannst dich dann quasi mit Tieren ganz normal unterhalten. So.

„Und wo kommen die Veganossi her?"

„Das ist genau die Frage, Silke, denn das wusste bisher niemand so genau. Fest steht dass sie bei mir immer dann auftauchen wenn wieder neue Sherlock

Abenteuer anstehen. Und das scheint wohl jetzt der Fall zu sein sonst wären sie nicht in unserem Kopf."

Und ob du es glaubst oder nicht, die Silke ist gar nicht so baff wie der Emil denkt. Sie isst weiter ihr Menü, trinkt köstlichen gekühlten Weißwein aus der großen Karaffe, und lächelt den Emil immer wieder mal an, wenn sie gerade nicht Griechisch, Türkisch, Rumänisch oder irgend eine andere Sprache spricht, und der Emil macht das genauso.

7

Nach dem Frühstück bezahlen sie das Hotelzimmer. Die Silke möchte zwei Tage im Parco dei Nebrodi Bergwandern. Bergschuhe hat sie dabei und der Emil trägt auch bergtaugliche Freizeitschuhe. Also fahren sie los wieder über Catania Richtung Taormina, biegen aber vor Taormina am Fuße des Ätna links ab Richtung Naturpark. Die Straße führt durch weitläufige alte Lavafelder, vorbei an Zitrusbäumen, und steigt irgendwann immer mehr an. In einem kleinen Gebirgsdorf machen sie Halt und finden bei Bauern ein Zimmer.

„Der Parco dei Nebrodi ist ein Regionalpark rund um die Monti Nebrodi, ein Gebirge an der Nordostküste Siziliens. Er wurde am 4. August 1993 eröffnet, um die vielfältige Flora und Fauna des Gebirges und der Umgebung zu schützen.(…)

Mit einer Fläche von etwa 86.000 ha ist der Regionalpark einer der größten Europas. Er wird im Norden vom Tyrrhenischen Meer, im Süden vom Ätna und den Flüssen Alcantara und Simeto begrenzt. Zum Gebiet gehören 18 Gemeinden der Metropolitanstadt Messina, drei Gemeinden der Metropolitanstadt Catania und zwei Gemeinden des Freien Gemeindekonsortiums Enna.(…)

Die Araber nannten das Gebiet der Monti Nebrodi „Insel auf der Insel", da hier im Gegensatz zu anderen Gegenden Siziliens auf Grund zahlreicher Bäche, Flüsse und Feuchtgebiete auch in den heißen Sommermonaten eine üppige Vegetation vorzufinden ist.

In den tiefer gelegenen Regionen werden Zitrusfrüchte, Olivenbäume und Mandeln angebaut. Wild wachsen verschiedene Kräuter und Sträucher wie die Myrte, der Mastixstrauch (wilde Pistazie) oder Ginster. Die Wälder in den höheren Lagen sind mit einer Fläche von 50.000 ha eines der größten Waldgebiete Siziliens. Hier sind Steineichen, Korkeichen, Zedern, Ahorn, Edelkastanien, Eschen und Buchen zu finden. Im Unterholz wachsen Eiben, Stechpalmen und Mäusedorn.(…)

Die Monti Nebrodi erhielten ihren Namen von den Damhirschen (griechisch: nebros für Hirschkalb), die früher in den Waldgebieten heimisch waren. Obwohl einige der ursprünglichen Tierarten wie die Damhirsche oder Wölfe in den vergangenen Jahrhunderten durch die Jagd ausgerottet wurden, zählt der Parco dei Nebrodi zu den artenreichsten Gebieten Siziliens.

Neben Füchsen, Mardern, Wildkatzen, Wildkaninchen, Wildschweinen und Stachelschweinen finden hier 150 Vogelarten und 70 verschiedene Schmetterlingsarten ihren Lebensraum. Zu den Vogelarten zählen in erster Linie Greifvögel wie Bussarde, Falken, Gabelweihen und Adler. In den Feuchtgebieten leben Tauchenten,

Wasserhühner, Eisvögel, Graureiher und Stelzenläufer.

Eine Besonderheit im Parco dei Nebrodi sind die „Sanfratellani". Das sind seltene, für Sizilien typische Pferde, deren Name sich von der Gemeinde San Fratello ableitet. Sie zählen zu den Rappen, haben ein Stockmaß von 150 bis 158 cm und gelten als besonders ausdauernd und trittsicher. Eingesetzt werden sie als Reitpferde und Tragtiere. Der Bestand von knapp 4000 Sanfratellani steht unter genauer Beobachtung. Eine weitere Besonderheit sind die „Suino Nero dei Nebrodi" oder „Nero Siciliano", eine alte Schweinerasse, die nur noch etwa 1000 Tiere umfasst.(…)

Landschaftlich sehenswert sind das Gebiet der Rocche del Crasto, steile Kalksteinfelsen mit zahlreichen Schluchten, und zwei Seen. Der Lago Maulazzo befindet sich auf den nordöstlichen Hängen des Monte Soro. Der Lago Biviere in der Gemeinde Cesarò ist eines der wichtigsten Feuchtgebiete des Parks. Im Sommer färbt sich sein Wasser durch die Blüte von Mikroalgen rot.

Typische Bauten sind die Cubburi. In vielen der im Regionalpark liegenden Gemeinden wurden Museen eingerichtet, die Einblick in das Leben und die Traditionen der früheren Bevölkerung geben. Gezeigt werden alte Ackergeräte, Haushaltsgegenstände und Beispiele bäuerlicher Handwerkskunst. In Bronte wurde ein alter Bauernhof rekonstruiert. In Randazzo gibt es auch eine ornithologische Sammlung und ein Museum mit Originalpuppen des sizilianischen Puppentheaters.

Zu den kunsthandwerklichen Produkten der Region zählen handgestickte Bettwäsche und Tischtücher, Binsenkörbe, bunte Schilfmatten und Teppiche sowie kunstvolle Keramikwaren.

An Nahrungsmitteln werden vor allem Käse wie z. B. Provola, Pecorino und Ricotta produziert, aber auch Olivenöl sowie Honig und Haselnüsse zur Herstellung von Süßwaren. Regionale Spezialität ist die „Fellata", eine Salami aus Schweinefleisch.(…)" (Wikipedia, 2021)

Die Silke und der Emil decken sich im kleinen Dorfladen mit Käse, Fellata und Brot ein und kaufen auch zwei Flaschen Rotwein und zwei Flaschen Wasser. Es ist Nachmittag und sie planen eine erste Tour, die Silke hat ja eine gute Sizilienkarte und den Rucksack, den sie mit dem Essen und den Getränken vollpacken. Und jetzt kann´s losgehen.

Schon bald nach dem Ortsausgang treffen sie neben der Straße im Wald auf eine Horde der hier ansässigen schwarzen Schweine. Und jetzt pass auf. Die Silke geht auf eines der süßen Schweinchen zu, und rate mal was dann passiert, genau, das Schweinchen begrüßt sie mit den Worten „Hello my friend, how are you" und die anderen Schweine lachen ganz laut und grunzen vor Vergnügen. Und dann fragt das nächste Schwein „Was macht ihr denn hier und wie heißt ihr?" So. Und eins ist klar.

Die nanokleinen Veganossi sind jetzt auch in den Gehirnen der schwarzen Schweine. Und jetzt kann´s losgehen.

Und dann sagt die Silke dass sie Silke heißt und der Emil sagt dass er Emil heißt, und dann sagen die Schweine auch alle wie sie heißen, sie haben nämlich von den Bauern alle Namen bekommen. So. Und jetzt pass auf. Die Schweine haben etwas zu berichten, und da hören der Emil und die Silke ganz gespannt zu als die Scheine sagen dass unterhalb eines Felsens, nicht weit entfernt im Wald, seit einigen Stunden eine leblose nackte Frau liegt. Sie wurde aus einem Geländewagen dorthin getragen. Und da machen sich der Emil und die Silke natürlich sofort auf dem Weg und die Schweinchen laufen alle hinterher. Dort angekommen stellen sie fest: Die Frau lebt noch. Sie hat eine frische Operationswunde unter ihrem linken Rippenbogen zum Rücken hin ziehend, die Wunde ist fachmännisch vernäht und blutet und eitert nicht, also nicht entzündet, also relativ frische OP-Wunde. So. Und dann öffnet die Frau die Augen und fragt ganz leise, kaum verständlich, „Wo bin ich?", also eine Deutsche. Die Frau sagt dann noch dass sie Urlaub auf Sizilien macht und sich nur daran erinnern kann dass sie zuletzt in einem Park in Palermo war. Danach fehlt ihr jede Erinnerung. Ach ja. Und mit einer Freundin ist sie auf Sizilien unterwegs, und wo die Freundin geblieben ist weiß sie nicht. Dann wird die Frau wieder bewusstlos. Die Silke zieht ihr ihre

Wechselkleidung, die sie im Rucksack hat, an, sie haben die gleiche Größe, und dann läuft der Emil runter ins Dorf, die Silke bleibt bei der Frau, und holt Hilfe. Der Bauer bei dem sie das Zimmer haben kommt mit seinem Pickup und dann fahren sie die Frau auf der Ladefläche an den Ortsrand, inzwischen wurde auch der Rettungshubschrauber alarmiert, der kurze Zeit später auf einer Wiese landet, und dann bringen sie die Frau mit Notarzt in die Klinik nach Palermo. Der Emil ruft den Commissario Sanin an und der schickt sofort die Polizei und die Staatsanwaltschaft zu der Frau in die Klinik in Palermo. Scheinbar ist eine der vermissten Frauen gefunden, denkt der Emil, und die Silke ist ganz niedergeschlagen. Sie gehen zurück zu den Schweinchen und die zeigen ihnen noch eine schöne Wandertour ins Gebirge, wo Orchideen blühen, seltene Vögel fliegen, und und und.

Ein schwarzes Schweinchen, ein ganz neugieriges, läuft auf der Wandertour mit und redet die ganze Zeit und erzählt interessante Geschichten aus dem Dorf. Da lässt die Silke die Schweinesalami besser im Rucksack und holt nur den Käse und das Brot heraus, als sie auf einer Anhöhe Brotzeitpause machen, und das liebe Schweinchen bekommt auch etwas ab und freut sich. Und jetzt pass auf. Das Schweinchen sagt dass in letzter Zeit merkwürdige dunkle Gestalten um Mitternacht durch den kleinen Ort schleichen, alle schwarz gekleidet, mit rot glühenden Augen, dass man richtig Angst bekommt wenn man sie sieht, und die können problemlos an Hauswänden hochklettern und auf die Dächer hüpfen, blitzschnell, und dann von einem Dach zum anderen fliegen, aber wie, so schnell kann man gar nicht gucken. Und die haben merkwürdige spitze Zähne im Mund. Die Schweinchen haben alle Angst vor denen und verstecken sich nachts tief im Wald.

Nach der Bergtour, die Monti Nebrodi reichen bis über 1700 Meter hinauf, wandern die Silke und der Emil gegen Abend zum Dorf zurück. Sie werden von der Bauernfamilie schon erwartet und zum Essen eingeladen. Die Mama hat gekocht und der ganze Herd steht voller Töpfe und aus der Backröhre duftet auch noch etwas heraus. Es gibt ein einheimisches Gericht und wieder eine ganze Reihe Vorspeisen, ein Ziegenbraten mit gebratenen Orangen und verschiedenen Kräutern, und als Nachtisch einen selbst gebackenen Kuchen. Zum Essen gibt es sizilianischen Rotwein aus einer großen Karaffe, der Wein wird in der Nähe angebaut und im Nachbardorf gekeltert, sagt der Hausherr.

Das Essen ist wie immer köstlich, und unwahrscheinlich sättigend, und danach verabschieden sich der Emil und die Silke, nachdem sie sich ausgiebig bei der Familie für das Essen bedankt haben, in ihr Zimmer. Sie legen sich auf die Lauer ob nachts die Vampire übers Dach huschen, und da brauchen sie nicht lange warten, schon schleichen die ersten schwarzgekleideten Blutsauger durch den Ort. Der Emil geht vors Haus und spricht einen von ihnen an, und der dreht sich erschrocken rum und sagt, dass das alles nur ein Joke sei. Sie seien Gruftis aus dem Ort und aus dem Nachbarort die sich nachts als Vampire verkleiden und auf den Dächern herumklettern und über den Friedhof schleichen. Alles völlig harmlos. Die Vampirzähne seien künstlich und über ihre Zähne gesteckt. Der Emil bedankt sich für die Information und lässt die „Vampire" draußen weiterspielen. Von der Bergtour und dem opulenten Abendessen sind die Silke und der Emil erschöpft und können in dieser Nacht besonders gut schlafen.

8

Und ob du es glaubst oder nicht, am nächsten Morgen sagt die Silke zum Emil beim Frühstück dass sie einen sehr realistischen Traum hatte und zwar von einem Ort bei Palermo mit einem Felsen an der Küste, daneben der Sandstrand. So. Und dort sind vielleicht die vermissten Frauen, sie hätte sie im Traum alle eingesperrt im Keller eines alten Hauses gesehen. Und jetzt pass auf. Der Emil glaubt dass er den Ort kennt. Von Fotos. „Der Ort heißt Cefalu", sagt der Emil, da ist er sich ziemlich sicher.

„Und was machen wir jetzt?", fragt die Silke. Und der Emil: „Wir bezahlen das Zimmer und fahren nach Cefalu". Und genau so machen sie es. Und kaum haben sie bezahlt und sich ausgiebig bedankt und von der Bauernfamilie verabschiedet, sie stehen schon am Auto, da ruft den Emil der Commissario Sanin aus Palermo an und sagt dass der Frau die sie gerettet haben eine Niere fehlt, sie ist Opfer von Organdealern geworden, und dass es ihr wieder gut geht und dass sie in wenigen Tagen aus der Klinik entlassen wird und zurück nach Hause fliegt. Wer die Organdealer sind und wo sie ihre Opfer operieren weiß der Commissario nicht, da tappt er völlig im Dunkeln, sagt er, und dann bittet er den Emil um diskrete Mithilfe, und vielleicht findet ja der Emil etwas heraus, er hat ja diese Sherlock

Spürnase, der Emil, sagt der Commissario Sanin, und der Emil sichert dem Commissario natürlich seine Mithilfe zu, quasi alte Sherlock Freunde, ist doch klar. Und dann fahren der Emil und die Silke noch ein ganzes Stück durch das Gebirge bis es wieder bergab geht Richtung Nordküste. Sie fahren dann auf die Autobahn Richtung Palermo und ungefähr 70 Kilometer vor Palermo, bei Cefalu, biegen sie ab und dann fahren sie in den Ort bis fast ans Meer. Sie finden in einer schmalen Gasse in Meeresnähe ein kleines Hotel und die haben auch noch ein Doppelzimmer mit Frühstück frei. Das Auto können sie sogar direkt vorm Haus, nahe an der Hauswand, stehen lassen. Sie sind ja jetzt direkt am Meer und Cefalu zählt zu einer der schönsten Küstenstädte Italiens, also wollen sie mindestens drei Tage, bzw. drei Übernachtungen, bleiben. Nachdem sie ihr Gepäck aufs Zimmer gebracht haben schlägt der Emil gleich den Weg Richtung Strand ein, und die Silke geht mit, er möchte im Meer baden. Und die Sonne scheint. Und der Ort ist bezaubernd. Und und und.

Das Wasser hat etwa 17-18 Grad. Immer noch sehr erfrischend, aber der Emil ist da hart im Nehmen und schwimmt eine große Runde bevor er zurück an den Strand kommt. Die Silke ist inzwischen in ein Gespräch mit einem Paar vertieft. Nachdem der Emil seine Badehose ausgezogen und sich abgetrocknet und wieder angezogen hat kommt er dazu. Die beider heißen Horst und Brigitte, haben sie der Silke gesagt, und auch gleich das Du angeboten, und kommen aus Bochum. Horst ist Mitte 50 und Brigitte 10 Jahre jünger, das haben sie dem Emil gleich verraten. Sie machen jedes Jahr Urlaub in Cefalu. Beide sind Lehrer, wie Silke. „Wir werden hier schon wie Einheimische behandelt", meint der Horst, und die Brigitte fügt hinzu „Wenn wir Rentner sind ziehen wir bestimmt für immer hier her".

„Wir können ja alle zusammen heute Abend beim Vittorio Essen gehen."

„Wenn die anderen da mitwollen, Brigitte."

„Was meinst du Silke?"

„Gerne Emil, gehen wir mit."

„Wie viel Uhr Horst?"

„So gegen acht würde ich sagen, Emil."

„Okey, dann bis später, ach so, noch was, wo ist eigentlich der Vittorio?"

„Kleine Seitenstraße rein vom Domplatz aus."

„Alles klar Horst, dann bis heute Abend."

Horst und Brigitte sind mit dem Flugzeug nach Palermo und dann mit dem Zug nach Cefalu gekommen. Sie bleiben insgesamt zwei Wochen wovon schon fast eine Woche rum ist. Das gilt für die Silke genauso. Die ist ja auch aus NRW.

Die Silke und der Emil besichtigen dann noch die Kathedrale(Dom) von Cefalu und die Silke erklärt dem Emil ausgiebig die verschiedenen künstlerischen Einflüsse die man an und in der Kathedrale erkennen kann und macht innen und außen einige Fotos. Der Emil hat eigentlich von Kunst keine Ahnung, hört aber aufmerksam zu.

Danach gehen sie nach einem Rundgang durch den Ort zurück zum Hotelzimmer: Schäferstündchen bis zum Abendessen.

Das Restaurant heißt natürlich nicht Vittorio, sondern nur der Inhaber, und da braucht man schon einen guten Sherlock Instinkt, um das kleine Restaurant zu finden, aber da ist der Emil ja Meister, ein bisschen suchen, und schwupp, schon stehen sie vor dem Restaurant. Horst und Brigitte sitzen drinnen. Sie haben einen Tisch reserviert.

Eigentlich dürfen die Restaurants ja nur bis 18 Uhr öffnen. Corona! Aber einige Bars und Restaurants schließen dann ihre Türen und man muss, wenn man später kommt, anklopfen, und dann lassen sie dich in der Regel noch rein. Geschlossene Gesellschaft! Das haben die Silke und der Emil die ganze Zeit so gemacht und hatten damit keine Probleme. Auch die archäologischen Parks, die Kirchen, die Museen, und und und sind mit Corona Regeln geöffnet. Man muss halt überall eine Maske tragen, aber auch das kontrolliert so gut wie niemand, und die Restaurants und Bars werden auch kaum kontrolliert, und bei geschlossener Gesellschaft ist ja die Tür abgeschlossen, und somit hat das Restaurant oder die Bar auch ordnungsgemäß geschlossen.

„Hallo ihr beiden. Hat man euch auch noch reingelassen. Wir gehen ja jeden Abend erst so spät zum Essen. Geht doch gar nicht anders. Wer will denn im Urlaub schon vor 18 Uhr Abendessen. Das würde das Urlaubsfeeling in Süditalien ja komplett auf den Kopf stellen. Und du siehst ja Emil wie die einheimischen Wirte das hier machen, und das funktioniert hundertprozentig. Ich hab jetzt die ganzen Tage noch nie gesehen das da mal irgendwo die Polizei vorbeigekommen wäre und hätte die geschlossene Gesellschaft im Restaurant oder in einer Bar aufgelöst. Die Süditaliener gehen mit der ganzen Sache ganz anders um als wir in Deutschland. Die sind da viel improvisierfreudiger. Und du siehst doch wie das klappt. Die haben im Süden auch keine höheren Corona Zahlen als wir in Deutschland. Im Gegenteil. Die Zahlen gehen hier ständig zurück. Das macht bestimmt auch das schöne Wetter hier. Da können sich die Viren viel schlechter ausbreiten als bei uns. Hier ist viel mehr Sonne und gute Luft. Das tötet die Viren ab. Davon bin ich hundertprozentig überzeugt. Brigitte hat ja vorm Urlaub ganz schlimm Corona gehabt. Damit musste sie sogar ins Krankenhaus. Und ich war zu Hause 14 Tage in Quarantäne. Aber ich hatte mich nicht angesteckt. War alles gut. Und Brigitte konnte dann auch bald wieder raus aus dem Krankenhaus. Und dann hat das alles mit unserem Urlaub gerade noch so gepasst. Aber jetzt sind wir ja schon fast eine Woche wieder hier. Gott sei Dank. Jetzt müssen wir aber mal aufhören zu reden, der Kellner steht schon die ganze Zeit am Tisch. Was möchtet ihr denn essen?"

„Silke, du?"

„Ich nehme als Hauptgericht ein Lammkarree."

"Und du Brigitte?"

„Ich esse als Hauptgericht eine sizilianische Fischplatte, da sind auch kleine Krebse mit drauf, die esse ich so gerne."

„Und du, Emil?" „Ich nehme auch das Lammkarree."

„Ich nehme das gleiche wie der Emil, auch Lammkarree."

Der Kellner bedankt sich und geht Richtung Küche. Kurze Zeit später kommt er mit einem Tablett zurück und stellt eine große Karaffe Weißwein und eine große Karaffe Rotwein, dazu noch ein Körbchen mit Knabbereien, auf den Tisch. Gläser und Besteck, wie in Italien üblich, sind schon auf dem Tisch.

„Hat sich jeder eingeschenkt? Denn man Prost. Auf einen schönen gemeinsamen Abend und einen weiterhin schönen Urlaub."

„Prost Horst! Das wünschen wir dir auch."

Die Brigitte spielt über ihrem rechten Ohr mit ihren Haaren und schaut dabei den Emil an. Signale der Persönlichkeit hat das Max Lüscher in einem seiner Bücher mal genannt, und der Emil wirft ihr einen freundlich interessierten Blick zurück. Ohne Worte! Sie ist offenbar Linkshänderin weil sie mit links trinkt. Dem Horst ist der Blick seiner Frau nicht entgangen und er lächelt verschmitzt. Silke schaut eher etwas verlegen.

„Ich glaub ja dass der Corona Virus in Wuhan aus einem militärischen Forschungslabor ausgebrochen ist. Da soll sich nämlich, habe ich letztens gelesen, eine Mitarbeiterin schon im Oktober 2019 damit infiziert haben. Und wenn das nämlich ein extra für Kriegszwecke entwickeltes Virus ist, dann wird das auch immer wieder automatisch weitermutieren. Das kriegst du mit keiner Impfung wirklich kaputt. Davon bin ich hundertprozentig überzeugt. Und das bedeutet dass wir mit dem Corona Virus noch ganz viele Jahre unseren Spaß haben werden, oder was meint ihr, Emil und Silke. Aber jetzt erstmal nochmal Prost. Wir können uns ja unheimlich freuen dass wir hier auf Sizilien sitzen dürfen und nicht mit Corona in Deutschland in der Klinik liegen. Also Prost!"

„Prost Horst!"

Und schon kommt die erste Vorspeise. Ein Nudelgericht. Und kaum sind sie damit fertig kommt schon die nächste Vorspeise, Schinken, Käse, schwarze Oliven und Orangenstückchen, dazu stellt der Kellner Weißbrot in einem Körbchen auf den Tisch. Und es folgen noch mehrere Vorspeisen bevor der Hauptgang des Menüs serviert wird.

„Das ist ja immer wieder der Wahnsinn was die einem in Italien bei einem Menü für eine Menge Essen auf den Tisch stellen, oder was meint ihr?"

„Ja Horst, deswegen sind wir ja hier, weil hier das Land der kulinarischen Genüsse ist. Hier kann man ganz und gar in eine Menüfolge eintauchen bis man so richtig schön satt ist, und schmecken tut auch alles viel besser als bei uns."

„Da hast du Recht, Silke, wenn du bei uns zum Italiener gehst, das ist was ganz anderes. Da gibt es ein Gericht und das war´s, und schmecken tut´s auch lange nicht so gut wie hier."

„Du Horst, oder Brigitte."

„Ja Emil."

„Gibt es hier im Ort eigentlich Häuser mit alten Gewölben untendrunter?"

„Hier gibt es jede Menge Häuser mit alten Gewölben. Hier waren in der Antike ja zuerst die Griechen. Dann kamen die Römer, dann die Byzantiner, dann die Araber, dann die Normannen und und und, und die haben alle Gewölbe unter ihre Häuser gebaut. Warum? Sucht ihr irgendetwas Bestimmtes?"

„Nein Horst, war nur so eine Frage. Und gibt es hier vielleicht irgendeine Sekte oder so, die ein altes Haus gekauft oder gemietet hat?"

„Jetzt macht ihr mich aber richtig neugierig. Seid ihr hier auf der Suche nach irgendwas oder irgendjemandem. So wie der Sherlock Holmes. Ich meine ne hübsche Assistentin hast du ja Emil."

Die Silke lächelt, sagt aber nichts. Sie findet den Horst sehr sympathisch. Das merkt man an einzelnen Blicken die sie ihm immer wieder zuwirft.

Und die Brigitte scheint den Emil sehr zu mögen. Auch ihre Blicke sprechen eine eindeutige Sprache. Und dann nach dem Essen, nachdem sie alle mehr als gesättigt sind und bezahlt haben, Wein haben sie auch eine ganze Menge getrunken, da fragt dann der Horst die Silke und den Emil: „Was haltet ihr eigentlich von freier Liebe?"

„Kann ich mir gut vorstellen", sagt spontan die Silke, und der Emil lächelt und nickt, und die Brigitte schaut den Emil an und nickt ebenfalls.

„Dann ist ja alles klar", sagt der Horst. „Gehen wir zu euch oder in unser Hotel?" „Wir können zu uns gehen", sagt der Emil, und die Silke lächelt und nickt.

Sie sind kaum im Hotelzimmer angekommen, da sind auch schon alle nackt, und dann schmeißen sie sich ins Bett und dann packt der Horst die Silke von Hinten, und die stöhnt und jault immer lauter, und der Emil mit der Brigitte, und die will gar nicht mehr aufhören ihn zu küssen, und dann geht´s so richtig los, und der Emil stöhnt, und die Brigitte jault noch lauter als die Silke, wie eine frisch geölte Feuerwehrsirene, und nach drei Stunden ist der Spuk vorbei, vorher haben mehrmals der Partner und die Partnerin gewechselt, und dann sind alle erschöpft und glücklich und ziehen sich wieder an, nein, nur der Horst und die Brigitte ziehen sich an und verabschieden sich überschwänglich, der Emil und die Silke bleiben nackt im Bett und machen weiter.

Am nächsten Morgen frühstücken die Silke und der Emil auf der Terrasse. Sie haben von hier einen Blick aufs Meer und auf die Bucht. Es gibt ein reichhaltiges Frühstück, auch mit Croissants, und starken Kaffee soviel man möchte. Die kleine Orgie hat der Silke gut gefallen und der Emil ist auch nicht unzufrieden.

Nach dem Frühstück gehen sie Richtung Meer und da kommen ihnen Brigitte und Horst entgegen. Horst fasst der Silke mit der rechten Hand an den Arsch und die Silke lächelt und dann verschwinden Horst und Silke gleich wieder im Hotelzimmer, und die Brigitte gibt dem Emil einen ausgiebigen langen Zungenkuss und das reicht aus, dass auch sie sofort wieder im Hotelzimmer verschwinden. Die Brigitte beißt dem Emil bei jedem Orgasmus kräftig in den Hals und so sieht er danach, nachdem sie sich wieder angezogen haben, aus, als wäre er von einem Vampir überfallen worden.

Der Partnertausch gefällt allen und so werden die nächsten Tage vom Sex bestimmt, die dunklen Mächte und dunklen Gestalten sind nahezu vollständig in den Hintergrund getreten, aber sie existieren noch, denn als die Brigitte mit dem Emil vom Hotelzimmer Richtung Strand läuft, ihr Mann und die Silke sind offenbar noch beschäftigt, denn sie sind nirgendwo zu sehen, da kommen ihnen zwei merkwürdige im Gesicht gepiercte und grell geschminkte schwarz gekleidete Gestalten entgegen, eine junge Frau und ein junger Mann.

„Gibt es hier im Ort Gruftis?"

„Ja Emil, hier wohnt eine Sekte. Die haben am Ortsrand ein großes altes Haus gemietet. Die Einheimischen sagen das wären Satanisten. Und die würden den Teufel und Höllendämonen beschwören. Die sollen immer total ausgeflippte Rituale mit Gruppensex, Drogen, und und und, durchführen, sagen die Einheimischen. Die haben die wohl schon mal durchs Fenster beobachtet. Aber die Einheimischen machen um die einen großen Bogen. Die sind ihnen total unheimlich. Die sollen in der Tradition des Satanisten und Okkultisten Aleister Crowley stehen, der hat oberhalb von Cefalu in einem halb verfallenen Bauernhof in den 20-ger Jahren des letzten Jahrhunderts für seine „Jünger" und sich eine Abtei gegründet die sich Thelema nannte. Dort sollen auch Leute wahnsinnig geworden und einzelne sogar gestorben sein. 1923 hat Mussolini Aleister Crowley als Persona non Grata aus Italien rausgeworfen. Aber das müssten wir alles mal bei Wikipedia im Internet nachschauen. Am besten wir gehen wieder zurück ins Hotel und fragen an der Rezeption ob wir mal ihren Computer benutzen dürfen. Danach können wir uns in eurem Zimmer ja noch ein bisschen verwöhnen."

„Gute Idee Brigitte, das machen wir."

Brigitte gibt Emil noch einen langen intensiven Zungenkuss und dann gehen sie zurück ins Hotel. Mit der Benutzung des Computers gibt es keine

Probleme, die junge Frau an der Rezeption ist sehr freundlich, sie dürfen sich sogar etwas ausdrucken wenn sie das möchten.

Bei Wikipedia finden sie Folgendes:

„(…)Thelema (altgriechisch θέλημα „Wollen, Wille, Gebot, Verlangen, Gelüst, Intention") ist der Oberbegriff für eine lose zusammenhängende neureligiöse Bewegung. Diese bezieht sich in weiten Teilen auf Aleister Crowley und sein Liber AL vel Legis (von Crowley als The Book of the Law, „Das Buch des Gesetzes", bezeichnet), orientiert sich aber auch an okkulten und magischen Traditionen wie dem Rosenkreuzertum, der Kabbala, der Gnosis und anderen spirituellen und religiösen Lehren.(…)

Der als Arzt, Jurist und Mönch tätige François Rabelais (1494–1553) schildert in seinem ersten Buch, der in der Zeit von 1532 bis 1564 entstandenen Pentalogie Gargantua und Pantagruel, wie Gargantua die Abtei Thélème errichten lässt, eine Abtei als ein Modell einer idealen menschlichen Gesellschaft. Die Bewohner der Abtei Thélème werden als Thélémites bezeichnet. Das Wort Thélémites erscheint später ebenfalls in Crowleys Liber AL vel Legis und dient als Selbstbezeichnung der Anhänger Thelemas.(…)

1904 entwickelte der britische Okkultist Aleister Crowley ein magisches, philosophisches und religiöses System, in dem der Wille (Thelema) im Mittelpunkt steht. In einigen seiner Bücher stellte Crowley seine Ansichten zu unterschiedlichen

Aspekten der Thelema dar. Sein Buch Liber AL vel Legis gilt als zentrale Schrift seiner thelemischen Lehre. Daneben verfasste er die Heiligen Bücher von Thelema, die durch die Kommunikationen mit Aiwaz, seinem heiligen Schutzengel, entstanden sein sollen. Dazu gehören:

Liber Cordis Cincti Serpente (,Das Buch des von der Schlange gegürteten Herzens')

Liber Liberi vel Lapidis Lazuli (,Das Buch der Bücher oder des Lapis Lazuli')

Liber DCCCXIII vel Ararita (,Das Buch 813 oder Ararita')

Liber Trigrammaton(…)

1920 gründet Aleister Crowley in Cefalù auf Sizilien eine magische Kommune, die Abtei von Thelema. In dieser Kommune spielt auch sein Buch Diary of a Drug Fiend (auf deutsch etwa „Tagebuch eines Drogennarren"). Seine Tochter Anna Leah starb dort im Säuglingsalter an Typhus. Nachdem in der Abtei auch Raoul Loveday, ein Schüler Crowleys, an einer Infektion verstarb, wandte sich dessen Frau Betty May mit erfundenen Geschichten an die britische Presse. Diese stürzte sich auf die Skandalgeschichten (Betty May sollte jedoch später in ihrer Autobiographie „Tiger Woman" einen Bericht der Ereignisse geben, der sich weitestgehend mit dem Crowleys deckt), und die Regierung Mussolinis wies Crowley 1923 aus Italien aus. Die Ruinen der Abtei sind heutzutage Ziel kleinerer

Touristengruppen. Die von Crowley an die Wände der Abtei gemalten Bilder sind kaum noch erhalten.

Boleskine: Oktober 1899 kaufte Crowley in Schottland das Gut Boleskine House bei Inverness am Strand von Loch Ness, um dort die magische Operation des Abramelin vorzubereiten, die anderthalb Jahre dauerte. Boleskine gilt als der „Osten" (Mekka) der Thelemiten und Würdigung in Richtung von Boleskine House wird etwa bei der Ausführung des LIBER XV „Die Gnostische Messe" vorgeschrieben. Das Haus wechselte seine Besitzer häufiger, für ein paar Jahre war es im Besitz von Jimmy Page, dem Gitarristen von Led Zeppelin. Page gilt als größter Privatsammler von Crowleyana. Das Boleskine House brannte am 23. Dezember 2015 fast vollständig nieder. Die damalige Eigentümerin des Hauses zweifelt an einem Wiederaufbau.[10] 2019 wurde das Land und die darauf befindlichen Gebäude für £500.000 verkauft, die neuen Eigentümer gründeten die Boleskine House Foundation und beauftragten darüber die Wiedererrichtung der Gebäude.[11](…)"(Wikipedia, 2021)

„Ja Emil, jetzt wissen wir ja schon etwas mehr. Wahrscheinlich sind das Aleister Crowley Fans die da am Ortsausgang von Cefalu ihr Unwesen treiben. Aber jetzt gehen wir erstmal zu dir ins Hotelzimmer."

9

Und jetzt pass auf. Die Brigitte bleibt gleich die
ganze Nacht beim Emil und die Silke ist die ganze
Nacht beim Horst. So. Zum Abendessen gehen sie
überhaupt nicht, sie kaufen sich zwischendurch nur
etwas zu Essen, Brot, Käse, und und und, in einem
kleinen Laden um die Ecke, der Emil und die
Brigitte, und der Emil erzählt der Brigitte dann alle
Vermutungen und alle Spukgeschichten im
Hotelzimmer, vom Joe, von der Gräfin, vom
Commissario Sanin, von den nanokleinen
Veganossi, und und und, und da ist die Brigitte ganz
schön sprachlos, aber interessiert und neugierig ist
sie auch. Der Frauentausch scheint ja länger zu
dauern als Anfangs erwartet, und so begleitet die
hübsche Brigitte eben den Emil bei seinen
Recherchen, und damit fangen sie in der nächsten
Nacht gleich an. Tagsüber sind sie am Meer oder
sitzen vor irgendeinem Cafe´ und trinken Espresso,
wenn sie sich nicht gerade wieder im Hotelzimmer
beschäftigen.

Bevor sie auf Erkundungstour gehen essen die
Brigitte und der Emil abends noch eine Kleinigkeit,
kein Menü, beim Vittorio, und da sitzen auch schon
der Horst und die Silke und haben sich jeder ein
Menü bestellt. Die Silke macht keine Anstalten
wieder zum Emil zurückkehren zu wollen und der

Horst hat offenbar auch mit der Brigitte abgeschlossen. Das stört aber niemanden. Alle sind rundum zufrieden, und so soll auch es sein. Sie genießen alle ihr Essen, trinken dazu leckeren Wein, und nach dem Essen zahlt die Brigitte für den Emil das Essen mit, und dann verabschieden sich die beiden und machen sich auf den Weg zum Ortsrand von Cefalu, zum Spukhaus der Thelema Gruftis.

„Ich hab aber jetzt schon ein bisschen Angst, Emil." Wir wissen ja überhaupt nicht was uns da gleich erwartet. Und an Spuk und schwarze Magie glaube ich auch ein bisschen."

„Ich glaube dass die nanokleinen Veganossi von mir auch auf dich übergesprungen sind. Konzentrier dich mal und versuch dich ein Stückchen kleiner zu machen."

„Das funktioniert, Emil, Wahnsinn. Ich bin ja nur noch halb so groß wie du."

„Das funktioniert also, gut. Und wenn wir gleich kurz vorm Spukhaus sind verkleinern wir uns so stark, dass wir danach nur noch so groß wie der kleine Däumling sind, und dann klettern wir auf die Fensterbänke und schauen was drinnen los ist."

„Deine Worte in Gottes Ohr, Emil, also los."

Und das musst du wissen. Wenn sie so klein sind haben sie unheimliche Kräfte und können überall problemlos hochhüpfen und hochklettern. Und da brauchen sie am Spukhaus nicht lange suchen, schon finden sie ein Fenster von dem aus sie den ganzen großen Raum überblicken können. Das Fenster steht offen, und drinnen sind lauter nackte Menschen, Frauen und Männer, die sich auf dem riesigen Teppich wälzen und Sex miteinander haben, quasi jeder mit jedem, lauter grell geschminkte und gepiercte Gruftis, außer drei Frauen, die sind offenbar neu und noch nicht so hergerichtet wie die anderen, offenbar sollen sie durch diese Zeremonie in die Sekte aufgenommen werden. An der hinteren Wand des Saales steht eine Art Altar mit einer großen Baphomet Figur. Vor dem Altar steht in einer Art langem Priestergewand ein Grufti mit dem Rücken zu allen Anderen und ruft lautstark Beschwörungsformeln. Neben dem Altar reichen beidseits lange schwere weinrote Vorhänge von der Decke bis zum Boden. Plötzlich zieht ein intensives Rauschen durch den Raum und von hinter einem der Vorhänge tritt ein stattlicher gut gekleideter Mann mit einem schwarzen Umhang hervor. Seine Kleidung könnte aus den zwanziger Jahren des letzten Jahrhunderts stammen. Die schwarzen Schuhe sind so blank poliert dass sich Gegenstände im Raum darin spiegeln. Der Mann geht in die Mitte des Raumes, und alle nackten Gruftis halten erschrocken inne.

„Ich bin Baron Shandor von Brockstedt. Alter sächsischer Adel."

Dann geht er auf eines der ungeschminkten hellhäutigen nackten jungen Mädchen zu, packt sie kräftig, und beißt ihr seitlich in den Hals. Seine Vampirzähne sind deutlich zu sehen. Alle schreien entsetzt auf und drängen sich an den Wänden, während der Vampir das schreiende Mädchen fast leersaugt. Nach wenigen Minuten lässt er von ihr ab und lässt die Bewusstlose leblos auf den Boden fallen. Dann lächelt er ganz boshaft den beiden Zwergen auf der Fensterbank zu, und schwebt über ihnen hinweg durch das offene Fenster in Richtung Monti Nebrodi, und im Flug verwandelt er sich in eine riesige Fledermaus.

Und der Emil und die Brigitte hüpfen schnell von der Fensterbank und rennen in eine Seitengasse um da dann wieder ihre normale Größe anzunehmen. Die Brigitte hat ihr Handy dabei und schickt den Rettungsdienst und die Polizei zu dem Spukhaus.

Am nächsten Tag ruft der Commissario Sanin den Emil an und sagt sie hätten in dem Spukhaus in Cefalu drei der vermissten Frauen gefunden, eine davon liegt mit Halsverletzungen und schwerer Blutarmut im Krankenhaus. Gegen die Sekte wird jetzt ermittelt.

Und das musst du wissen. Jetzt fehlen immer noch einige Frauen die vermisst werden. Und dann findet ein Bauer in einem Waldstück bei Cefalu eine weitere Frau. Sie ist bewusstlos aber sie lebt noch. Und sie ist nackt und hat unter ihrem Rippenbogen zum Rücken hin ziehend eine fachgerecht vernähte Operationsnarbe. Dass der Bauer die Frau gefunden hat haben der Emil und die Brigitte vom Horst gehört und der wiederum weiß das von einer alten einheimischen Frau die ihm die Geschichte erzählt hat. In der Zeitung steht nichts und der Commissario Sanin hat den Emil auch nicht angerufen. So. Also Sherlock sei wachsam und wo haben sich die Organdealer versteckt. Und ganz wichtige Frage: Wohin ist der Vampir geflogen?

Der Emil und die Brigitte sitzen vor einem Cafe´ am Domplatz und trinken Espresso und dann kommen der Horst und die Silke vorbei und setzen sich zu ihnen. Und schnell kommt das Gespräch auf den Partnertausch und die Brigitte möchte wieder zum Horst zurück und die Silke möchte wieder mit dem Emil und nach langen Umarmungen, so als hätten sie sich schon ewig nicht mehr gesehen, wird dann wieder zurückgetauscht, und der Emil ist jetzt wieder mit der Silke und die Brigitte ist jetzt wieder mit dem Horst, und alles ist prima. So. Und jetzt hat die Silke dem Horst aber einiges über die nanokleinen Veganossi erzählt, und der Horst muss sie wohl auch für kurze Zeit im Kopf gehabt haben, weil er hebräisch und Armenisch sprechen konnte. So. Und das musst du wissen. Der Horst will jetzt auch mit den Sherlock spielen, sagt er zum Emil. Und der Emil ist nicht sonderlich begeistert, weil zu viele Sherlocks verderben den Brei, aber dann ist er doch einverstanden, und alle vier besprechen eine Strategie wie sie sich in den restlichen Tagen, die sie noch auf Sizilien sind, auf die Suche nach Organdealern, Vampiren, und und und, machen können, quasi große Sherlock Strategie. So. Und jetzt pass auf. Wie sie so im Cafe´ vorm Domplatz sitzen läuft ein auffälliger Mann über den Domplatz und lächelt zu ihnen herüber. Sie bemerken ihn erst gar nicht aber dann sagt die Silke zum Emil: „Guck mal Emil, da vorne läuft der Mann von dem du mir erzählt hast, der Joe", und genauso ist es.

Der Horst sagt gleich dass sie bezahlen und dem Mann folgen sollen, quasi unauffällig folgen, und wo geht der Mann wohl hin, und genau so machen sie es.

Joe geht erstaunlicher Weise nicht zum Haus der Gruftis, sondern er geht zu einem schmalen strahlend gelben Haus direkt am Meer. Das Haus gehört offenbar einem Fischer, denn der schleppt gerade Netze aus seinem Hauseingang zu einem kleinen Fischkutter der an der Kaimauer im Wasser liegt. Der Fischer bemerkt Joe und sie begrüßen sich herzlich. Offenbar sind sie alte Freunde.

Der Emil, die Silke, der Horst und die Brigitte stehen mit einigem Abstand am Strand und geben sich unbeteiligt.

Joe und der Fischer geben sich ebenfalls so als hätten sie den Emil, die Silke, den Horst und die Brigitte am Strand nicht bemerkt, Touristen halt die man nicht sonderlich beachtet, und gehen dann gemeinsam in das Haus des Fischers und bleiben dort, denn als sie nach einer Stunde immer noch nicht wieder herausgekommen sind, gehen der Emil, und und und, wieder zurück Richtung Domplatz. Von da gehen sie weiter zum Vittorio, der hat auch noch geöffnet, es ist ja schon früher Nachmittag, und bestellen sich alle ein kleines Menü. Nun, was ist ein kleines Menü? Ein kleines Menü bietet der Vittorio für den halben Preis eines Menüs an. Es hat nur drei Gänge, eine kleine Vorspeise, ein kleinerer Hauptgang, nur die süße Nachspeise ist genau so reichhaltig wie beim großen Menü.

Sie sind wieder alle selbst von dem kleinen Menü mehr als satt geworden und trinken zufrieden danach noch einen Espresso. Dann bezahlen sie und gehen zurück zum Domplatz. Da steht an der Seite noch der alte Maserati der Gräfin mit dem der Joe offenbar gekommen ist. Sie beschließen Emils Auto zu holen und in einer Seitengasse mit Blick auf den Maserati im Auto zu warten bis Joe einsteigt, und dann wollen sie ihn unauffällig verfolgen und schauen wo er hinfährt. Es dauert dann auch nicht mehr lange bis Joe kommt, sich in den Maserati setzt, und losbraust, und sie fahren ihm hinterher.

Und jetzt pass auf. Der Commissario Sanin ruft den Emil im Auto an und sagt ihm dass der Frau, die der Bauer in dem Waldstück gefunden hat, wieder eine Niere fehlt und sie in Palermo in der Klinik ist, und es ihr, den Umständen entsprechend, wieder gut geht, und sie ist eine deutsche Urlauberin, die zuletzt, bevor sie sie gekidnappt haben, in Taormina im Hotel war, ihre Sachen hätte die Polizei dort schon abgeholt. Und sie haben, was die Organdealer angeht, jetzt in Palermo eine heiße Spur. Der Emil bedankt sich für die Information und fährt weiter dem Joe hinterher, und der gibt mit dem Maserati richtig Gas und braust ins Gebirge, durch die Monti Nebrodi, immer weiter Richtung Ostküste. Inzwischen weht ein starker Nordwind und es regnet in Strömen.

10

Und ob du es glaubst oder nicht, während der Emil und seine Detektive durch den Starkregen dem Joe hinterherbrausen, ruft den Emil wieder der Commissario Sanin aus Palermo an, und die haben den Organdealer Ring in Palermo inzwischen komplett ausgehoben. In einer ehemaligen Privatklinik sind sie fündig geworden. Gerade wollten die noch eine Frau operieren, da ist mit einem Großaufgebot die Polizei hereingestürmt, die Frau ist zwar schon in Narkose, aber die Operation hat noch nicht begonnen, und dann haben sie den Anästhesisten aufgefordert die Frau wieder aufwachen zu lassen, was problemlos geklappt hat, und die Frau wird dann mit dem Rettungswagen ins Krankenhaus gebracht, und alle anderen werden festgenommen. Sie haben dann bei der Polizei gesungen wie ein Zeiserl, und so konnte dann schnell der Rest der Bande in Palermo auch noch verhaftet werden. Albanische Maffia. Und den Tipp hat der Commissario Sanin von der sizilianischen Maffia erhalten, sagt er. Die einheimische Maffia duldet keine ausländische Konkurrenz auf ihrem Territorium, das ist doch klar. „Die restlichen verschwundenen Frauen haben wir allerdings immer noch nicht gefunden", sagt der Commissario Sanin, und dann wünscht er dem Emil noch weiterhin viel

Erfolg bei der Suche nach den verschwundenen Frauen und einen schönen Tag. So. Und als sie mit dem Auto bei dem Starkregen, fast schon unten an der Küste, an die scharfe Linkskurve mit dem riesigen Lavafelsen an der rechten Seite kommen, die Straße ist hier sehr schmal, da steht rechts am Felsen der Joe mit dem demolierten Maserati, das Auto ist vorne total eingedrückt, er ist wohl mit hoher Geschwindigkeit gegen den Lavafelsen geprallt, ausgerutscht auf der regennassen Fahrbahn. Der Emil hält bei dem demolierten Maserati und Joe steht davor und raucht eine Zigarette.

„Hallo Joe, Unfall gehabt?"

„Hallo Emil, wie man sieht, Totalschaden, nicht mehr fahrbereit."

„Sollen wir dich mitnehmen, Joe."

„Ja, wenn ihr mich zum Weingut der Gräfin bringen könntet, das wäre ganz toll."

„Okey, Joe, dann steig ein, wird halt hinten zu dritt etwas eng aber bis zum Weingut sind es ja nur noch knapp 45 Kilometer."

„Das geht schon, Emil, vielen Dank."

Joe schaut die Anderen im Auto an während er einsteigt und sagt „Hallo, ich bin der Joe".

Unterwegs ist der Joe nicht sehr gesprächig und die Anderen schweigen auch alle, man muss ja auch nicht dauernd reden.

Als sie auf den Vorplatz des Palazzo fahren steht die Gräfin schon draußen. Sie hat wohl geahnt das etwas passiert ist.

„Hallo Emil, lange nicht gesehen, hast du Detektive und den Joe mitgebracht."

„Hallo Contessa, wie geht es ihnen."

„Ich würde sagen nicht schlecht, Emil."

„Ich hatte schon so eine Ahnung dass der Joe bei dem Starkregen den Maserati zu Schrott fahren würde. Aber Hauptsache ihm ist nichts passiert. Das Auto können wir ersetzen."

„Ich darf sie alle bitten hereinzukommen in mein bescheidenes Haus. Es gibt Kaffee und Kuchen. Der Emil ist sicherlich auf der Suche nach den drei verschwundenen jungen Studentinnen. Er muss immer noch den Sherlock spielen. Und der Commissario Sanin ist ja jetzt auch bei uns in Palermo. Der hat in Bozen seinen Chef ein Arschloch genannt und schon war er hier im Süden. Strafversetzt. Und jetzt recherchiert er schon wieder gegen uns, ob wir nicht vielleicht in kriminelle Machenschaften verstrickt sind. Aber da kann er lange ermitteln. Bei uns wird er garantiert nichts finden. Also die drei vermissten Studentinnen sind alle hier bei uns. Freiwillig. Das muss mal klargestellt werden. Die studieren alle drei jetzt in Deutschland noch Lehramt, aber die wollen hier in Palermo auf Agrarwissenschaften umsteigen. Alle drei. Und der Joe hatte sie in Taormina angesprochen, als sie mit ihrem Rucksack unterwegs waren, und sie zu uns eingeladen, großes Weingut, große Zitrusfrucht Plantage, ob sie hier ein Praktikum machen wollten, und da haben alle drei gleich begeistert Ja gesagt und sind mitgekommen, und seit zwei Wochen wohnen sie hinter dem Palazzo am Hang in unserem Gästehaus und wollen sich in Kürze an der Universität Palermo für Agrarwissenschaften einschreiben. Sie arbeiten bei uns in der Landwirtschaft mit und kriegen dafür ein monatliches Gehalt, so hoch wie unsere anderen landwirtschaftlichen MitarbeiterInnen auch. Davon kann man, wenn man bescheiden ist, leben. Aber jetzt kommt alle erst mal rein."

Der Palazzo ist innen stilgerecht mit schönen alten Möbeln eingerichtet, an den Wänden hängen uralte Gobelins und Bilder von bekannten italienischen Malern. Sie befinden sich in einem Saal, der durch die großen Fenster sehr hell, nicht düster, wirkt, und nehmen an einem großen langen Tisch, der fast genau in der Mitte steht, Platz. Kaum sitzen sie, schon bringen zwei reizende junge Damen ein großes Tablett mit Tellern, Gabeln, und Kuchen, und ein Tablett mit Silberkannen aus denen der Kaffee duftet.

Die Gräfin wünscht allen einen guten Appetit, und auf Nachfrage vom Emil berichtet sie, dass die Singenden Kinder, ihre Sekte, in alle Himmelsrichtungen verstreut sind, aber sie hofft, dass sie das diesjährige Lucia Ritual wieder gemeinsam in ihrem Stammsitz in den Abruzzen feiern können.

„Es gibt etwas für dich, Emil, für den echten Sherlock, aber das ist ein anderes Kaliber als unsere Spielchen die wir schon zusammen gespielt haben."

"Ja Gräfin, und das wäre."

„Die idiotischen Gruftis in Cefalu, ich konnte diese Stümper noch nie leiden, die machen Sachen von denen sie keine wirkliche Ahnung haben, und dann schreien sie vor Angst wenn die echten Dämonen erscheinen, also die Gruftis in Cefalu haben einen richtig starken Vampir freigesetzt. Und der treibt jetzt sein Unwesen in Syrakus. Und das pikante an der Sache ist dass der Shandor nicht mehr nur nachtaktiv sein muss. Der kann sich auch im Sonnenlicht, also tagsüber, draußen völlig frei bewegen, ohne dass ihm irgendetwas passiert. Der schläft auch nicht mehr tagsüber in irgendeiner Gruft im Sarg, nein, der wohnt ganz normal in irgendeinem Hotel, und keiner würde auch nur im Entferntesten darauf kommen dass das ein gefährlicher Vampir ist. Er hat sich inzwischen komplett neu eingekleidet und sieht jetzt aus wie jeder andere Tourist auch, Joe hat ihn vor Kurzem in Syrakus bespitzelt, ohne selbst erkannt zu werden. Er hat offenbar auch schon einige gebissen, was Joe so an Gerüchten in Syrakus in Erfahrung bringen konnte. Und diesen gefährlichen Vampir müssen wir mit vereinten Kräften einfangen und möglichst bald dorthin zurückschicken, wo er hergekommen ist. Ich habe schon einige Zaubereien versucht, aber die waren alle viel zu schwach."

Inzwischen sind auch die drei vermissten Mädchen auf Bitten der Gräfin in den Saal gekommen und haben sich mit an den großen Tisch gesetzt, und auch sie bestätigen die Aussage der Gräfin, dass sie völlig freiwillig auf dem Gut sind. Der Emil ruft dann gleich den Commissario Sanin an und sagt die vermissten Mädchen sind gefunden, die sind aber völlig freiwillig auf dem Gut der Gräfin, und der Commissario Sanin sagt „in Ordnung, dann können wir unsere Ermittlungen ja einstellen".

Nach dem Kaffee und dem köstlichen Kuchen fahren der Emil, die Silke, der Horst und die Brigitte wieder zurück nach Cefalu. Sie bedanken sich bei der Gräfin und bei Joe für die freundliche Bewirtung und die Gräfin gibt ihnen kostenlos noch zwei Kartons ihres Weines mit, ein Rotwein, ein Weißwein. Und der Emil sichert der Gräfin und Joe zu dass sie wegen des Vampirs in Verbindung bleiben werden, und sie, also der Emil, die Silke, der Horst und die Brigitte, werden versuchen etwas zu unternehmen.

Es ist schon nach acht als sie wieder in Cefalu ankommen, und dann gehen sie alle schnell zum Restaurant vom Vittorio, und der lässt sie auch tatsächlich noch rein, und sie dürfen auch noch jeder ein richtiges Menü bestellen. So.

Die Silke bestellt sich als Hauptgang eine Fischplatte und der Emil auch.

Die Brigitte bestellt sich als Hauptgang einen Lammrücken und der Horst auch.

„Emil, das ist ja wieder Wahnsinn was die hier Essen auftragen, vier Vorspeisen und dann noch den großen Lammrücken und noch den Nachtisch, Wahnsinn. Danach sind wir aber wieder satt, aber total, oder was meint ihr."

„Du bist ja ein großer Esser, Horst, aber ich bin ja von den ersten zwei Vorspeisen schon satt. Kuck dir die Silke an, die schafft ja ihren Fisch kaum noch und dann kommt noch der Nachtisch. Die Brigitte hat damit scheinbar auch keine Probleme, die isst den Hauptgang genau so zügig wie ihre Vorspeisen."

„Ich glaub die Brigitte und ich sind ungefähr die gleichen Esser, Emil. Wir haben auch mit großen Portionen so schnell keine Probleme. Aber jetzt kuck mal was der Kellner da als Nachtisch bringt. Ein Orangen Parfait. Dazu müssen wir aber noch einen Marsala trinken, ich meine der Weißwein aus der Karaffe war ja auch wieder echt lecker, aber zum Parfait passt einfach noch ein Gläschen Marsala, oder."

Die Brigitte, die Silke und der Emil nicken, also bestellt der Horst zu Parfait noch vier Gläser Marsala.

„Und was meint ihr jetzt wie wir den Blutsauger fangen?"

„Das besprechen wir besser nach dem Essen draußen, Horst."

„Okey Emil, machen wir. Denn mal Prost."

„Prost Horst, Prost Brigitte, Prost Silke."

Es ist schon kurz nach elf als alle mit dem Essen fertig sind und den letzten Schluck ausgetrunken haben.

Horst und Brigitte gehen gleich nachdem sie bezahlt haben schnurstracks in Richtung ihres Hotelzimmers, und die Silke und der Emil machen noch einen kleinen Strandspaziergang. Der frische Nordwind hat auf Süd gedreht, es ist wieder mild, das Meer hat sich beruhigt, und der Mond scheint, fast Vollmond, sternklarer Himmel. Das sind dann die Momente wo die Phantasie blüht und die Gedanken zu den kleinen glitzernden Sternen fliegen und im Nu strahlend wieder zurückkommen. Die beiden sind vom Duft des Ortes und des Meeres eingehüllt, der Strand gibt seinen Duft noch dazu, und die Silke zieht ihre Schuhe aus und läuft barfuß weiter. Es sind die wenigen wirklich glücklichen Momente im Leben und die bleiben dann als gemaltes Bild im Kopf erhalten.

Nach dem Strandspaziergang zieht die Silke ihre Schuhe wieder an, lächelt dem verträumten Emil mitten ins Gesicht, und dann gehen auch sie Hand in Hand zu ihrem Hotelzimmer.

11

Und jetzt pass auf. Gestern Abend haben die Silke, der Emil, der Horst und die Brigitte ja nicht mehr darüber gesprochen wie sie den Vampir, den Shandor, fangen wollen, aber das holen sie heute nach. Der Emil und die Silke sitzen nach dem Frühstück am Domplatz vor einer Bar und trinken Espresso und dann kommen auch bald der Horst und die Brigitte und setzen sich dazu. So. Und der Horst und die Brigitte bestellen sich auch einen Espresso, und dann fragt der Horst, ob sie denn alle noch die nanokleinen Veganossi im Kopf haben, und der Emil zum Horst, dass kannst du ja ganz leicht ausprobieren, versuch dich mal ein wenig zu verkleinern, und der Horst konzentriert sich und tatsächlich, es funktioniert, und dann die Brigitte auch, und tatsächlich, bei der Brigitte funktioniert das auch, und die Silke kann hebräisch sprechen, also funktioniert es bei ihr auch, und der Emil sowieso. Also.

Und dann der Plan. Sie fahren alle mit dem Auto nach Syrakus und da suchen sie dann den Vampir, und den werden sie bestimmt schnell finden, weil ihnen ja die nanokleinen Veganossi dabei helfen. So. Und dann müssen sich zwei von ihnen blitzschnell nanoklein verkleinern und durchs Ohr des Vampirs in dessen Gehirn schlüpfen, und da müssen sie dann den Vampir kontrollieren, dass er nur noch wie ein Roboter funktionieren kann und alles macht was sie ihm eingeben, und dann steuern sie den Vampirroboter so, dass er zum Auto läuft, und dann lassen sie ihn sich in den Kofferraum legen und bleiben so lange in seinem Kopf, bis sie beim Palazzo der schwarzmagischen Gräfin sind, und da lassen sie den Vampir aussteigen, und die Gräfin wird dann schon wissen welche Beschwörungen sie weiter mit ihm macht damit er wieder verschwindet.

„Jetzt brauchen wir nur noch Freiwillige, Emil, die in das Gehirn vom Vampir klettern und den steuern."

„Ich mach´s", sagt die Silke.

Und die Brigitte: „Ich auch".

Sie bezahlen alle ihren Espresso und dann brechen sie auf nach Syrakus, es ist ja noch Vormittag, und etwa drei Stunden werden sie mit den Auto brauchen, sie sind also am Nachmittag in Syrakus. Alle nehmen etwas Gepäck mit für den Fall dass sie noch eine Nacht in Syrakus übernachten müssen. Daran, dass der Plan fehlschlagen könnte, denkt keiner.

Die schwarzmagische Gräfin trifft ebenfalls Vorbereitungen in ihrem Palazzo. Sie lässt eine riesige Eisenzauberkiste in den Saal bringen. Die Kiste wird an die hintere Wand gestellt. Dann holt sie die Magna Figura Baphomet, die sie vom Ordo Bucintoro in Venedig hat, und einen magischen Zauberspiegel. In der Magna Figura Baphomet sind zwei magische Steine, der Ilua und der Garil. Spricht man die entsprechenden Zauberformeln strahlt die Magna Figura Baphomet ein grünliches Licht aus, dass, wenn es auf den Zauberspiegel trifft, ein Zeitfenster in eine andere Welt/Dimension öffnet. Lenkt man also den Lichtstrahl mit dem Zauberspiegel auf Personen oder Gegenstände, dann verschwinden diese augenblicklich für immer in einer anderen Welt/Dimension. So.

Der Emil, die Silke, der Horst und die Brigitte sind inzwischen in Syrakus angekommen und fahren gleich auf die Insel, also die Altstadt, denn wo sollte sich ein Vampir wohler fühlen, wenn nicht hier.

Sie setzen sich in der Nähe vom Dom vor ein Cafe´, trinken Espresso, und warten.

Der Shandor ist allerdings ein listiger Fuchs, er hat sich nämlich in einen schwarzen Hund verwandelt und streunt durch die Altstadt. Das können Vampire ja, sie können sich in Fledermäuse, Wölfe, Hunde, und und und verwandeln, und dann erkennt man sie nämlich nicht, wenn man nach ihnen sucht. Und dann kommt der schwarze Hund an ihren Tisch und lässt sich streicheln, aber da schlagen die nanokleinen Veganossi in ihren Köpfen Alarm, und dann verkleinern sich die Silke und die Brigitte blitzschnell, und keiner vorm Cafe´ hat´s bemerkt, und huschen durch das linke Ohr in das Gehirn vom Hund. Der Hund bleibt jetzt ganz brav beim Emil und beim Horst sitzen, und dann bezahlen sie, und dann geht´s schnell mit dem Hund zum

Auto und der trottet brav hinterher. Es scheint also gut zu funktionieren, das mit der Gehirnsteuerung durch die nanokleinen Veganossi, denn als sie beim Auto sind öffnet der Emil den Kofferraum, und der Hund springt mit der Silke und der Brigitte im Kopf problemlos hinein. Emil schließt den Kofferraum extra mit dem Schlüssel ab, und dann brausen sie von Syrakus zum Palazzo der Gräfin, und dort stehen die Gräfin und Joe schon auf dem Vorplatz und erwarten sie. Der Emil öffnet dann den Kofferraum und der Hund springt raus und geht mit ihnen in den Saal des Palazzo, und da ist schon die große eiserne Zauberkiste geöffnet, und der Hund springt hinein, und die Silke und die Brigitte hüpfen schnell aus dem Ohr vom Hund und raus aus der Kiste, und der Joe mach den Deckel der Kiste zu und verschließt sie mit einem großen Schloss. Danach hört man dann ein unheimliches Poltern und Toben in der Kiste, aber raus kommt niemand, und die Gräfin hat die Grande Figura Baphomet schon auf dem Tisch in Stellung gebracht und spricht Zaubersprüche, und plötzlich strahlt aus der Figura ein kräftiger grünlicher Lichtstrahl, und dann gibt es einen lauten Knall und der Vampir springt aus der Kiste, und die Gräfin spricht weiter Zaubersprüche und hält den magischen Spiegel genau so in den grünen Lichtstrahl der Figura, dass der Lichtstrahl in den Spiegel fällt, und von dem aus auf den Vampir geworfen wird, und dann glüht der Vampir am ganzen Körper grünlich-violett und es gibt einen riesigen Knall und dichte Staubwolken erfüllen den ganzen Saal und der Vampir ist verschwunden.

Die Gräfin lächelt und sagt: „Das hätten wir".

Dann öffnet der Joe alle Fenster damit die Staubwolken abziehen können, und die große Zauberkiste ist nicht mehr zu gebrauchen, die ist total verbeult.

Der Emil, die Silke, der Horst und die Brigitte verabschieden sich dann schnell, und die Gräfin sagt zu ihnen noch dass sie auf die gelungene Vampirbeseitigung ein kleines Fest feiern möchte, und sie dazu alle herzlich eingeladen sind, am Besten gleich morgen Abend, und sie könnten danach alle in ihrem Gästehaus übernachten. Der Emil, die Silke, der Horst und die Brigitte sind zwar zuerst unschlüssig, sagen dann aber doch ihr Kommen zu, und dann fahren sie zurück nach Cefalu. So.

Das war natürlich eine anstrengende und sehr aufregende Aktion, und sie kommen erst spät in der Nacht wieder in Cefalu an. Sie gehen dann alle zum Emil und zur Silke ins Hotel. Die Silke hatte ja eingekauft und da ist noch für alle genug zu Essen und guter Rotwein zu Trinken, und dann schlagen sie sich den Bauch voll, trinken Rotwein aus Zahnputzbechern, und rauchen auf dem Balkon. Weit nach Mitternacht gehen der Horst und die Brigitte zurück zu ihrem Hotel und der Emil und die Silke legen sich schlafen. Der Urlaub geht ja auch langsam zu Ende und so wollen sie nach dem Fest bei der Gräfin alle gemeinsam nach Palermo fahren und dort bis zum Abflug noch das Wochenende verbringen.

12

Am nächsten Tag, nach dem Frühstück, sie haben alle kaum geschlafen, treffen sie sich auf dem Platz vor dem Dom. Es ist fast Mittag und sie beschließen, nach einem kleinen Imbiss bei Vittorio die Hotelzimmer zu bezahlen, ihr Gepäck beim Emil in den Kofferraum zu laden, und dann am frühen Nachmittag zum Fest bei der Gräfin aufzubrechen, dann sind sie am Spätnachmittag bei der Gräfin und können in Ruhe ihre Sachen ins Gästehaus bringen, bevor die Party losgeht. Vielleicht gewährt ihnen die Gräfin vor der Party ja noch eine kleine Führung in und um den Palazzo.

Sie kommen erst gegen Abend bei der Gräfin an, unterwegs ist Stau nach einem Unfall, und die Gräfin hat den Saal für die Party schon festlich herrichten lassen, der lange Tisch steht voll mit Gebäck und anderen Köstlichkeiten, das Menü wird erst später aufgetragen, und der Wein steht in Dekantier Karaffen in einem Nebenraum. Die Gräfin führt sie tatsächlich durch ihren großen Palazzo nachdem sie ihr Gepäck ins Gästehaus gebracht haben, und da gibt es eine Vielzahl interessanter Dinge zu sehen die sie von ihren unzähligen Reisen mitgebracht hat. Sie öffnet ihnen auch ihr Zauberzimmer, ein düsterer unheimlicher Ort, den alle schnell wieder verlassen wollen.

Zu Beginn des Festes, zum Zeitpunkt als die ersten Vorspeisen aufgetragen werden, spielt ein einheimisches Ensemble sizilianische Volkslieder und singt dazu. Nach diversen Vorspeisen kommt dann der Hauptgang, Fleisch vom schwarzen sizilianischen Bergschwein in Kräutern, und und und. Der Wein fließt in Strömen und plötzlich ist der Emil entrückt. Er findet sich plötzlich an einem völlig anderen Ort wieder, einem Küstenort auf dem Süditalienischen Festland. Und die Situation ist für Emil absolut real. Am nächsten Morgen nach dem Frühstück ist er erst wieder im Palazzo der Gräfin auf Sizilien und die Anderen haben ihn auch ab einem bestimmten Zeitpunkt die ganze Nacht vermisst. Emil drängt daher am nächsten Morgen nach dem Frühstück auf schnelle Abreise. Also bedanken sie sich bei der Gräfin und Joe für das Fest und die Übernachtung und brechen auf Richtung Palermo. Im Auto erzählt ihnen der Emil dann die irre Geschichte, die er während seiner ungewollten Abwesenheit von der Party, wohl ein böser Zauber der Gräfin, hautnah erlebt hat:

„Ich hatte meinen Rücken zum Tischchen gedreht und dabei nicht bemerkt, dass sich jemand dazusetzte.

Als ich mich zurückdrehte, saß dort eine elegant gekleidete attraktive Dame mittleren Alters, die mit einer Zigarettenspitze rauchte.

Sie war dezent geschminkt.

Ich begrüßte sie in Italienisch und sie antwortete mir mit leichtem Akzent.

Wir führten einen kurzen Smalltalk, während ihr Vincente einen Campari servierte.

Ich fragte sie, auf ihren Akzent anspielend, ob sie Österreicherin sei und sie bejahte dies lächelnd in breitem Wienerisch.

Wahrscheinlich war es der Ort und die Situation, jedenfalls schoss mir jetzt ein Lied von Wolfgang Ambros in den Kopf…„Wem heut`…"…Inzwischen näherte ich mich zunehmend dieser Gefühlslage und der Abend nahm immer anarchischere Züge an.

Sie sagte, sie wohne hier für einige Tage bei einer Tante.

Ihre elegante Kleidung, besonders ihre hochhackigen Schuhe, hätten aus den zwanziger Jahren…nein, besser…aus der Requisite für einen Fellini-Film stammen können und sie hätte darin eine mannstolle Mörderin gespielt…

Sie steckte sich noch eine Memphis in ihre Zigarettenspitze und ich gab ihr Feuer.

"Hast Du Lust, mit mir noch zu Luigi zu gehen?"

Das „Du" schien sie nicht zu stören.

„Gerne", antwortete sie und verriet mir anschließend, sie heiße Johanna.

„Und Du?"…"Emil…der Sherlock aus Essen"

Vincente hatte scheinbar für heute den Kampf mit dem Alkohol verloren, denn jetzt näherte sich die etwas frustriert wirkende Anita unserem Tischchen.

Wir zahlten und starteten Richtung „Disco-Pub".

Johanna hakte sich bei mir unter.

Sie summte, während wir gingen, verschiedene Melodien, von denen mir die Meisten unbekannt waren.

Einige Male blieben wir stehen und sie drückte ihren Kopf an meine Schulter.

Es hatte etwas Vertrauliches, so als wären wir schon sehr lange gute Freunde…oder ein Paar.

Der „Disco-Pub" war überfüllt, so dass die Gäste sogar dicht gedrängt um die vollständig besetzten Tische vor dem Haus standen. Die großen Schiebetüren waren geöffnet und uns dröhnte Techno-Musik entgegen.

Luigi war nicht zu entdecken und seine Frau Gianna machte einen unfreundlichen, genervten Eindruck.

Es war schon weit nach Mitternacht.

Johanna wollte nicht im Pub bleiben und lud mich ein, mit zu ihrer Tante zu gehen und dort noch etwas zu trinken.

Ich überlegte nicht lange und ging mit…

Nach einem steilen Anstieg in den oberen Ort, es wurde zunehmend stiller und die kleinen Gässchen verwinkelter, dunkel und enger, erreichten wir den vom Mond beleuchteten Platz vor der mittelalterlichen alten Kirche.

Dieser Ort hatte eine gespenstische Ausstrahlung.

Kirche und Platz waren umringt von uralten baufälligen Häusern und bei der Kirche lag ein nicht weniger unheimlicher, verfallen wirkender Friedhof.

Johanna merkte, wie ich diesen Friedhof betrachtete und lächelte mich an.

„Hier oben wird schon lange niemand mehr beigesetzt. Der neue Friedhof liegt etwas außerhalb des Ortes, am Hang."

„Dann kann er ja nur in der Nähe des Landsitzes von Jane und Collin liegen", schoss es mir durch den Kopf.

Wir gingen unmittelbar neben der Kirche in ein Seitengässchen, an dem auch der alte Friedhof lag.

An der Kirchenmauer fielen mir eigenartige kleine Symbole mit kaum noch lesbaren Inschriften auf…

Nach wenigen Minuten standen wir vor einem dunklen alten Haus.

Es roch modrig.

Johanna öffnete eine große Holztür, hinter der sich ein finsterer Innenhof verbarg, in dem verschiedene verwitterte Gerätschaften standen, die wohl früher der Weinherstellung dienten.

Johanna zog mich zu einer kleinen, überdachten Holztreppe, die in den ersten Stock zu führen schien.

Sie öffnete oben eine mit einem Wappen verzierte Tür, hinter der sich eine stattliche Eingangshalle mit romanischen Säulen, die das Deckengewölbe trugen, verbarg.

Wir befanden uns hier wohl in einem alten Adelssitz, der früher sicherlich Weingut war.

An den Wänden hingen Gobelins, die meist Jagdszenen zeigten.

Einer, wohl der Älteste und abgewetzteste, stach mir besonders ins Auge…

Er zeigte, kaum noch erkennbar, eine Personengruppe mit dunklen langen Kleidern, um einen offenen Steinsarkophag stehend. Vom Gesicht her eine Frau, hielt ein blutig tropfendes großes Messer mit beiden Händen umklammert in die Höhe. Sie stand als Einzige an der Stirnseite des Sarkophages, in dessen Inneres der Betrachter nicht hineinsehen konnte…

Die Halle war nur spärlich aber stilvoll mit historischem Mobiliar ausgestattet.

„Wir sind ein altes Adelsgeschlecht und meine Tante, ursprünglich in Österreich geboren und aufgewachsen, lebt schon lange ganzjährig hier. Sie scheint bereits zu Bett gegangen zu sein. Du wirst sie morgen noch kennen lernen.“

Offenbar ging Johanna davon aus, dass ich hier übernachtete.

Sie führte mich durch die Eingangshalle in ein gemütliches Kaminzimmer, in dem sich niemand aufhielt, obwohl das Holz im Kamin frisch nachgelegt schien und knisternd brannte.

Auf dem Tisch standen Gläser, Teller und Besteck.

Johanna entzündete die Kerzen im Kandelaber, der mitten auf dem großen Holztisch stand, bevor sie für eine Weile verschwand, um dann mit einer großen Dekantier Karaffe mit Rotwein und einem Teewagen voller Köstlichkeiten zurückzukehren.

Sie hatte sich umgezogen, trug jetzt einen langen Seidenkimono und rote, zehenfreie hochhackige Schuhe, die ihre lackierten Zehennägel besonders zur Geltung brachten…und hatte schöne Füße und eine beeindruckende Figur…sie war nackt unter ihrem Kimono…verströmte einen reizvollen Duft…

Sie stellte uns die großen, bauchigen Rotweingläser hin und einen riesigen gemischten Teller mit mediterranen kalten Köstlichkeiten, dazu eine Schale Weißbrot.

Jetzt schmiegte sie sich seitlich an mich, ich konnte ihre nackte duftende Haut durch den Kimono deutlich spüren, und goss uns Rotwein ein. Er verströmte im Glas den Hauch verschiedener reifer Früchte…und dann sein Geschmack! „Mindestens 98 Parker-Punkte!"…

Die stilvolle, schrille, hübsche Johanna hatte offensichtlich vor, mich in diesem Spukhaus zu verführen und danach, am nächsten Morgen, ihrer adeligen, vermutlich schon betagten Tante vorzustellen.

Das düstere Ambiente und die teils recht unheimlichen Geräusche steigerten meine Neugierde…

Am nächsten Morgen wachte ich in einem großen Doppelbett auf…

Die großen Flügeltüren zu einer riesigen Terrasse waren weit geöffnet.

Ich konnte, aufgerichtet, aus dem Bett über den Ort hinunter auf den Hafen und das Meer blicken.

Es duftete nach frischen Croissants und starkem Kaffee.

Johanna saß mit ihrer Tante an einem runden Tischchen.

Die alte Dame war geschminkt und sah jugendlich und attraktiv aus.

Ich war nackt und konnte mich an Nichts erinnern…

Johanna hatte bemerkt, dass ich aufgewacht war.

Sie brachte mir einen starken Espresso, nachdem sie mich leidenschaftlich umarmt hatte.

Ihre Tante winkte mir von der Terrasse freundlich zu.

Johanna brachte mir einen Bademantel und meine Sachen. Dann zeigte sie mir das Badezimmer.

Im luxuriösen Bad war eine riesige Spiegelwand.

Ich entdeckte an meiner linken Schulter kleine rote Punkte. Sie sahen fast aus, wie eine Bisswunde, die aber weder schmerzte noch juckte…

Ich meinte, etwas blass auszusehen, was mich nach den vergangenen Tagen aber auch nicht sonderlich wunderte und daher auch nicht beunruhigte.

Ich hatte das Bad verlassen und betrat die sonnige süditalienische Terrasse…

Die beiden Damen begrüßten mich freundlich und baten mich Platz zu nehmen, um mit ihnen zu frühstücken.

Das alte Haus, Schloss oder Palazzo wäre wohl die präzisere Beschreibung gewesen, war über mehrere Etagen an den Hang gebaut und stand mit einer Seite an einem riesigen, in Terrassen angelegten Park, der zum Anwesen gehörte und sich den Berg hinab bis an die Küstenstraße erstreckte.

Sie verlief hier außerhalb des Fischerdorfes unmittelbar neben dem felsigen Strand mit dem tiefblauen Mittelmeer.

Der Blick von der Terrasse war überwältigend.

Unser Tisch stand unter einer großen alten Dattelpalme. Bei jetzt strahlendem Sonnenschein konnte der Unterschied dieses Ortes zwischen gestern Nacht und heute Morgen kaum größer sein.

Mein Erstaunen blieb nicht unbemerkt und die Hausherrin bot mir daraufhin eine ausgiebige Führung durch den Palazzo und das umliegende Gelände an.

Die alte Dame hatte sich mir als Lucia Gräfin di Montrivali vorgestellt und überraschte mich mit der Bemerkung, dass Johanna nicht ihre Nichte, sondern ihre leibliche Tochter und Alleinerbin sei.

Wir hielten uns also nicht, wie sie mir ursprünglich erzählte, bei Johannas Tante, sondern im Palazzo ihrer Mutter auf.

„Aus welchem Grund eigentlich?", ging es mir durch den Kopf, andererseits war die Beantwortung dieser Frage für mich momentan eher zweitrangig.

Mein vorrangiges Interesse galt nun dem sich gerade entwickelnden und an Spannung kaum zu überbietenden Ereignis…dessen Schatten und Gefahren sich noch hinter „dem Schönen" verborgen hielten…lauernd…abwartend und vorausplanend…um dann, im geeigneten Augenblick, seine wehrlosen Opfer mit der gesamten dämonischen Höllenkraft anzuspringen und zu überwältigen…

Ich war neugierig aber auch vorsichtig.

In diesem Augenblick warfen mir beide Frauen gleichzeitig einen beängstigenden Blick zu.

Es war der Blick des Monsters, kurz bevor es sein Opfer überwältigt und frisst…

Mir dämmerte, dass beide wahrscheinlich übernatürliche Kräfte hatten und vermutlich auch Gedanken lesen konnten…

Die Frühstückstafel wurde von einer dicken italienischen „Mama" abgetragen und im Park waren verschiedene Gärtner mit Außenarbeiten beschäftigt.

In dem weitläufigen Gelände standen noch einige weitere Gebäude, teils von großen Palmen oder Zypressen gesäumt.

Die Gräfin und Johanna rauchten nach dem Frühstück eine Zigarre, während ich auf diesen „Genuss" verzichtete, was die beiden Damen verständnislos zur Kenntnis nahmen.

Danach bedeutete mir die Hausherrin, dass die Führung beginnen könne…

Der Palazzo war weit älter als eintausend Jahre und einige Gebäudeteile reichten zurück in die Römerzeit und die Zeit griechischer Besiedlung.

Etwa ab dem achten Jahrhundert nach Christus existierten, versicherte die Gräfin, ziemlich verlässliche Angaben, die ein recht genaues Bild über die Nutzung des Anwesens und das Leben seiner Besitzer vermittelten.

Es wären hierzu noch eine Vielzahl originaler alter Handschriften und Schriftstücke, die sie mir jedoch nicht zeigen wollte, in ihrem Besitz.

In den Fels führten aus dem Palazzo von allen Etagen dunkle modrige Gänge, deren weit verzweigtes System auch der Hausherrin, behauptete sie wenigstens, größtenteils unbekannt war.

Sie berichtete, dass ihre schon lange verstorbenen Eltern das Gut noch mit Weinbergen, Olivenhängen, Viehzucht und Zitronen- und Bergamotte Plantagen aktiv betrieben hatten.

„Was geschah mit ihren Eltern?", fragte ich aus ahnungsvoller Neugierde.

„Sie wurden wegen Zauberei und staatsfeindlicher Umtriebe gemeinsam verhaftet…

Ich war damals erst fünf Jahre alt.

Meine Mutter trug immer lange schwarze Kleider und mein Vater stets einen großen schwarzen Hut…Sie nahmen sich noch vor dem Ende des zweiten Weltkrieges im Gefängnis gemeinsam das Leben.

Meine Großeltern versuchten das Gut weiterzuführen, während ich bei Verwandten in Österreich aufwuchs.

Nach dem Tod der Großeltern bin ich hierher zurückgekehrt…Meine Tochter ist unehelich…".

Das Gebäude war gefüllt mit Kunstschätzen und besaß eine riesige alte Bibliothek.

Ich war mir sicher genau hier sämtliche Informationen über die Zusammenhänge vieler unheimlichen Ereignisse finden zu können…

Die Gräfin erkannte mein Ansinnen und erinnerte mich, ohne dass ich sie darauf angesprochen hatte, an den Inhalt einer Einladung am Hafen…

„Du hast bei mir, trotz Deiner Ablehnung am Hafen, doch ein Zimmer bezogen…und ich werde Dir auch, wie versprochen, Informationen über „Etwas" geben, wonach Du, nicht mehr nur scheinbar, sondern inzwischen ganz sicher suchst…".

Hätte ich mich auf einer Expedition befunden, wäre ich spätestens jetzt zu dem Schluss gelangt, dass der gefährlichste Teil dieser Expedition eben gerade begonnen hatte…

Wir standen alle in der Eingangshalle vor der Wand mit dem alten abgewetzten Gobelin.

„Der Gobelin ist fast achthundert Jahre alt…Was Du siehst, Emil, ist das, wonach Du suchst…jenes „Etwas"…Es ist die Darstellung der „SINGENDEN KINDER", sagte die Gräfin mit dämonisch knurrender Stimme…

Ich konnte ihre Augen sehen…sie hatten eine eisblaue Färbung angenommen,

Johanna hatte die Eingangshalle wortlos verlassen.

Ich war allein mit der höllischen Gräfin und roch meinen eigenen Angstschweiß…

Im Raum war plötzlich eine eisige Kälte.

Ich konnte meinen Atem sehen, so wie an einem richtigen Wintertag.

Wie von Geisterhand öffnete sich jetzt die alte schwere Tür mit dem Wappen und ich wurde von einem fluoreszierenden Bodennebel leicht angehoben, auf dem ich in den Innenhof und weiter durch das ebenfalls geöffnete alte Holztor bis an die Seitenmauer der alten Kirche schwebte, wo ich jäh aufsetzte.

Der Nebel war wieder verschwunden…

Aus der Kirchenmauer mit den eigenartigen kleinen Symbolen und den unleserlichen Inschriften hörte ich jetzt deutlich die Stimme der Gräfin flüstern: „Emil…Emil…reise zurück…verlasse diese Gegend und suche nicht weiter…Du bist in großer Gefahr…reise zurück…".

Ich berührte ungläubig die Mauer und spürte ihre unnatürliche Kälte…

Fluchtartig verließ ich diesen Ort und rannte auf den Platz vor der Kirche.

Er war menschenleer und durch die ebenfalls menschenleeren engen Gassen des oberen alten Ortes zog ein geheimnisvolles Rauschen.

Ich rannte immer schneller vom oberen Ort hinunter Richtung Hafen, Richtung Küste, und langsam füllten sich die Gassen mit Menschen, alles war wieder quirlig und belebt. Im Hafen angekommen verschwand ich plötzlich wie durch Geisterhand und war danach wieder auf Sizilien im Palazzo der Gräfin nach eurem Frühstück."

„Das ist ja eine irre Geschichte Emil, Wahnsinn, dann hast du ja quasi im Elternhaus der Gräfin mit ihr und ihrer Tochter gefrühstückt."

„Ganz genau, und eine irre Bettgeschichte mit ihrer Tochter habe ich auch noch erlebt. Da sollten wir mal hinfahren. Das ist ein schönes und interessantes Fischerdorf."

Sie haben die Monti Nebrodi hinter sich gelassen und biegen vor Cefalu auf die Autobahn Richtung Palermo ab. Der Horst hat in der Altstadt von Palermo, in Hafennähe, bei einem alten Mafioso, der eine riesige Eigentumswohnung im fünften Stock mit Aufzug hat und an Urlauber Zimmer mit Frühstück vermietet, zwei Doppelzimmer für zwei Übernachtungen gebucht. In der Nähe hat der Emil auch das Auto gemietet und kann es gleich wieder abgeben.

Es gibt in Palermo so viel zu sehen dass man dafür mehrere Wochen brauchen würde. Man kann sich also in so kurzer Zeit nur auf einige wenige Sehenswürdigkeiten beschränken.

„Palermo (sizilianisch Paliemmu) ist die Hauptstadt der Autonomen Region Sizilien und der Metropolitanstadt Palermo. Sie liegt an einer Bucht an der Nordküste Siziliens. Im 8. Jahrhundert v. Chr. gegründet, erlebte die Stadt vor allem unter der Vorherrschaft der Araber sowie der Normannen und der Staufer eine Blütezeit. Palermo war u. a. Residenzstadt von Friedrich II.

Heute ist Palermo mit 657.960 Einwohnern (Stand 31. Dezember 2019) Italiens fünftgrößte Stadt und das politische sowie kulturelle Zentrum Siziliens.

Derzeitiger Bürgermeister ist Leoluca Orlando, der am 21. Mai 2012 zum vierten Mal zum Stadtoberhaupt gewählt wurde.(…)

Die Phönizier gründeten die Stadt als Handelsstützpunkt im 8. Jahrhundert v. Chr. Der ursprüngliche Name der Stadt lautete möglicherweise[3] Ziz (die Blume), der auf einer „sikulisch-punischen" Münze steht und aus dem Punischen stammt. Ziz könnte sich demnach auf die Fruchtbarkeit der Landschaft beziehen. Den heutigen Namen gaben die Griechen, die den natürlichen Hafen Palermos begehrten: Πάνορμος Panhormos = Ganzhafen, großer Hafen. 408, 406 und 391 v. Chr. verteidigten die Karthager ihren Musterhafen gegen Syrakus und Flotten anderer griechischer Städte und entzogen ihr starkes Bollwerk der Hellenisierung.

Im Gegensatz zu anderen großen Städten Siziliens gelangte Palermo nie unter griechische Herrschaft, lag aber nahe der Grenze zum griechischsprachigen Ostteil der Insel.

275 v. Chr. gelang es König Pyrrhos I. von Epirus, die Hafenstadt für kurze Zeit zu besetzen.

Während des Ersten Punischen Krieges von 264 bis 241 v. Chr. war Palermo ein wichtiges Bollwerk der Karthager, bis es 254 v. Chr. von den Römern durch eine Seeblockade erobert wurde und den Namen Panormus erhielt. Unter Augustus siedelten sich ehemalige römische Legionäre an und Panormus entwickelte sich zu einer der bedeutendsten Städte der Provinz Sicilia.

Nachdem die Vandalen im Jahr 429 ihr Reich in Nordafrika mit dem heutigen Tunesien als Zentrum gegründet hatten, fielen sie mehrfach in Sizilien ein und eroberten die Stadt. Palermo verlor an Bedeutung und fiel schließlich 535 an Ostrom.(…)

Ein Aufschwung setzte erst wieder unter islamischer Herrschaft ein. Arabisch بلرم / Balarm genannt, wurde Palermo 831 zur Hauptstadt der Emire von Sizilien und entwickelte sich durch den Anbau von Orangen- und Zitrusbäumen zu einem blühenden Wirtschaftszentrum. Der Hafen wurde ausgebaut und es entstanden neue Stadtviertel. Die damalige Einwohnerzahl wird auf etwa 100.000 bis 120.000 geschätzt. Unter den europäischen Städten hatten damals nur Byzanz und Córdoba mehr Einwohner. Es glich in der Größe den damaligen islamischen Metropolen, wie Kairo oder Bagdad. Laut Ibn al-Athīr benutzte der muslimische Emir Muhammad b. Abdallah b. Aghlab, der von 832 bis 851 von Palermo aus Sizilien beherrschte, die Stadt als Ausgangspunkt für unablässige Plünderungen. Seit der Antike war Sizilien die Kornkammer der damaligen Welt und das begehrteste Agrarland des Mittelalters. Dies machte es zu einem Zankapfel unter den politischen Mächten.

1072 eroberten die Normannen unter Roger I. Palermo. Anfang des 12. Jahrhunderts wurde es Hauptstadt der Grafschaft, ab 1130 des Königreichs Sizilien. Unter den normannischen Herrschern entstanden zahlreiche Kirchen und Paläste mit deutlich arabischen Stileinflüssen. Diese Bauten sind Zeugnis einer arabisch-byzantinisch-normannischen Symbiose in der Kunst. Beispiele dafür sind die Sommerresidenz La Zisa im Stil eines arabischen Wüstenschlosses oder die Kirchen San Giovanni degli Eremiti und San Cataldo mit ihren rot getönten Kuppeln. Am Normannenpalast und an der Kathedrale von Palermo sind die arabischen Stilelemente ebenfalls zu erkennen, aber der Gesamteindruck ging durch spätere An- und Umbauten verloren. Sieben Bauwerke in Palermo aus dieser Zeit gehören seit 2015 zum Weltkulturerbe.

Die kulturelle Blütezeit unter den Normannen dauerte an, als 1194 die Staufer die Macht übernahmen. Friedrich II. baute die Stadt zur glanzvollen Residenz aus und gründete die Sizilianische Dichterschule.

Nach der Hinrichtung des letzten Staufers Konradin geriet Sizilien unter die Herrschaft von Karl von Anjou, der die Hauptstadt seines Reichs nach Neapel verlegte. Palermo verfiel immer mehr und die Armut der Bevölkerung führte 1282 zur Sizilianischen Vesper. Mit diesem Aufstand endete die Herrschaft Karls auf Sizilien. Tausende Franzosen wurden dabei von der einheimischen Bevölkerung getötet. Allein in Palermo starben 2000 Menschen. Der Aufstand führte zur Teilung des Königreich Sizilien in ein insulares und ein kontinentales Sizilien. Palermo blieb zunächst Hauptstadt des insularen Königreichs, bis dieses 1412 an die Krone von Aragonien fiel und Palermo nur noch Sitz der Vizekönige von Sizilien war.(…)

In der Folgezeit nahmen die Spanier, Savoyer und Österreicher die Stadt in Besitz und sie verlor weiter an Bedeutung. Auch nachdem Sizilien und das Königreich Neapel in Personalunion durch die Bourbonen regiert wurden, blieb Palermo im Schatten Neapels. Nur von 1806 bis 1813 regierte König Ferdinand nach der Eroberung Neapels durch napoleonische Truppen Sizilien von Palermo aus, im Königreich beider Sizilien wurde wieder Neapel zur Hauptstadt. 1860 zog Giuseppe Garibaldi in Palermo ein und ein Jahr später kam Sizilien zum neuen Königreich Italien.

Während des Zweiten Weltkriegs wurde Palermo schwer beschädigt. Viele Bewohner der Altstadt zogen um in neugebaute Siedlungen am Stadtrand und die Wiederaufbauarbeiten gingen nur sehr schleppend voran. 1946 wurde Palermo zur Hauptstadt der neu errichteten Autonomen Region Sizilien. Die Stadt erlebte einen starken Zustrom von

Menschen aus dem ländlichen Sizilien, so dass die Einwohnerzahl schnell sehr stark anstieg. Um Palermo herum wurden massenweise billig gebaute Sozialsiedlungen errichtet, während die Restaurierung des alten Zentrums vernachlässigt wurde und dieses zunehmend verfiel.

Zudem war Palermo von Kriegsende bis Ende des 20. Jahrhunderts fest in der Hand der Mafia. Es war Zentrum zweier großer Mafiakriege und zählte zu den gewalttätigsten Städten Europas – während des Zweiten großen Mafiakriegs zwischen 1981 und 1983 ereignete sich in Palermo durchschnittlich alle drei Tage ein Mafiamord. In den 1980er Jahren kämpften vor allem die Staatsanwälte Giovanni Falcone und Paolo Borsellino dagegen an. 1992 wurden beide in der Nähe Palermos von der Mafia umgebracht. Erst unter dem „Antimafia"-Bürgermeister Leoluca Orlando (Amtszeit 1985–) blühte das öffentliche, wirtschaftliche und kulturelle Leben der Stadt wieder auf. Unterstützt von anderen Politikern, von Künstlern und von der Bevölkerung setzte er den Kampf gegen die Mafia fort. Die Kriminalität sank, und heute liegt Palermo in der Verbrechensstatistik nicht mehr unter den 15 ersten Städten Italiens, sondern gilt als die sicherste Stadt Italiens.

Orlando veranlasste auch, durch umfangreiche Sanierungsmaßnahmen die verfallenen Gebäude der Altstadt wieder instand zu setzen. So wurde z. B. dank seiner Bemühungen 1997 das Teatro Massimo, eines der größten Opernhäuser Europas, wiedereröffnet und seither mit Opernaufführungen sowie Konzerten kontinuierlich bespielt.(…)" (Wikipedia, 2021)

Der Emil, die Silke, der Horst und die Brigitte freuen sich über das schöne Zimmer beim Mafioso. Sie haben von seinem großen Wohnzimmer aus einen gigantischen Blick auf den Hafen und die gesamte Bucht von Palermo. Vor dem Wohnzimmer, zur Straße hin, ist eine Terrasse wo man auch rauchen darf. Wein, Bier, und alkoholfreie Getränke kann man beim Mafioso kaufen, und so setzen sie sich mit einem Fläschchen Wein auf die sonnige Terrasse, genießen den Ausblick, der Emil hat das Auto problemlos abgeben können und bereits bezahlt, und planen ihre Besichtigungen.

Und dann besichtigen sie in den nächsten zwei Tagen noch einige Kirchen und Palazzi und den botanischen Garten, wo sogar noch einige Riesenzitrusfrüchte an den Bäumchen hängen, und der Emil trifft den Commissario Sanin in einer Bar und sie freuen sich darüber wie schnell doch die kritischen Fälle wieder gelöst werden konnten, und der Commissario wünscht dem Emil gute Heimreise und bis demnächst, und abends essen sie immer vorzüglich in einem kleinen Restaurant in der Nähe ihrer Unterkunft, und am Sonntagabend fahren sie, nachdem sie ihr Zimmer bezahlt haben, mit dem Zug zum Flughafen Palermo und fliegen zurück nach Düsseldorf. So. Und das war eine wirklich aufregende und schöne Reise, das sagen alle. Und in Düsseldorf verabschieden sie sich herzlich und verabreden sich, bis bald. Die Silke weint als sie den Emil drückt, und bei der Brigitte kullern auch die Tränen, und der Horst ist auch ganz gerührt, Abschied halt. Und zwei Wochen später wollen sie sich dann alle beim Emil in Essen treffen und dort auch übernachten, und dann gehen sie abends zu Emils Lieblingsitaliener und erzählen sich schöne Geschichten und genießen das Leben…